忘れ難き日々、いま一度、語りたきこと

Yamasaki Kotaro

山崎剛太郎

春秋社

山崎剛太郎
1983 年　ルネ・クレマン監督（中央）と。

はじめに　煩わしさからの解放——こころの風景

こころの風景とは何だろう？　まず、そんなことを素朴に考えた。こころに残った風景、こころに描く風景。この二つはまったく異なる。前者を追憶的、フローラ的（植物的）なものとするなら、後者は未来志向的、フォーナ的（動物的）というように区別できるかもしれない。七十歳を超えた私のばあいは、言うまでもなく前者ということになる。

若いころは、振り返ることはよくないことだなどと人から言われたが、私は昔は作家を志したこともあり、事実、何篇かの小説を書き、発表もしたので、過去を振り返ることが私にとっていつも大切なことの一つだった。しかし、この齢《とし》になれば、もう誰も私に向かって前を見なさいとは言わないだろう。もしそういう忠言があれば、あんたは歳をとったのだから、過去をよりよく見渡し、回想できるような場所で静かに生きることを前向きに考えなさいということであろうと考える。

だが、私は現在というものが過去よりも未来よりも好きだ。そういう意味で、風景が好きなのだ。風景には過去の風景もなければ、未来の風景もないのではなかろうか。現在あるがままの風景、そういう山を、河を、花を、樹木を人は楽しむ。その中でも、私は樹木が一番好きだ。その証拠に、少し極端すぎるかもしれないが、こんなことを考えたことがある。たとえば、ニューヨークから摩天楼がなくなり、全世界から余計な建物（何が余計な建物かは想像に任せるとして）が姿を消しても別段に寂しくはないが、もし地上から樹木が消えてしまったら、どんなにか寂しいだろうと。西洋でも東洋でも、樹木が人間の生活に深くかかわっていることは同じではないだろうか。

今年（一九八九年）のフランスは革命二百年祭で沸き返っているようだが、周知のように、一七八九年のアンシャン・レジーム打倒につづく一七九二年の革命運動昂揚期のフランスの各地方、マルセイユ、エクス、アルルなどにおける樹木を自由のシンボルとする多種多様な祝祭は有名である。革命との関連はさておき、民衆が樹木の下に集まり、ときには祈り、ときには宴をひらき、踊り、ときには祝祭とはまったく逆の処刑（吊り首）を行うなど、彼らの生活に深いかかわりを持っていたことは人類の歴史に長い。それがどんな樹木であったか、土地によっていろいろであろうが、私はつまびらかにしない。近くはアンジェイ・ワイダの映画「ダントン」で、新古典主義の画家ダヴィッドがロベスピエールをモデルに、かの「最高存在の祝典」を描く場面で、傍らにオリーブの木を配していたのが印象的だった。

私は私のこんにちまでの人生を自分なりに、おおまかに三つに分ける。青少年時代、社会生活時代、解放時代である。青少年時代は夢と理想の時代と名づけてよかろう。社会生活時代は、働いて収入を得、家族を養うことに重点を置いた時代。解放時代とは一言で言えば、煩わしさから解放される時代である。社会生活時代というのは、煩わしさそれ自体が、善きにせよ悪しきにせよ、生活であったような時期で、煩わしさを煩わしいとも思わずに、それに取り組み、悩み、またそこに情熱さえも感じていた自分の姿が浮かぶ。解放時代というのは、この煩わしさから解放された、あるいは解放されようと試みる人生最後の時期であろうか。

その一策として、ここ十年ほど、夏とか冬に多少ともまとまった暇ができると、フランスへ出かけて、ただ歩く。日常の煩わしさから解放されたいばかりの思いから、私は風景を見て歩く。こころの風景のこころとはレンズのようなものだろう。このこころのレンズが外国を歩いていると、くもりがなくなる。煩わしさから解放されるからだろう。スタンダールの『赤と黒』第十三章の初めに掲げてあるサン゠レアルの言葉「小説は街道に沿って持ち歩く鏡である」を私は思い出す。このばあいは凹凸のない、よく磨かれた鏡で、人生を含めた風景を写し出すことを言っているのであろう。私のこころの風景は、ときには凝集し、ときには散漫になる……私の人生のように。

（一九八九）

目次

忘れ難き日々、いま一度、語りたきこと

はじめに　煩わしさからの解放——こころの風景　i

映画／花咲ける字幕の陰に

花咲ける字幕の陰に　5
映画の翻訳とは？　9
回想風なフランス映画翻訳の話　34
走馬燈のパリ・パリの走馬燈　41
［断章］映画、この不思議な存在　44
あのボルサリーノ、今いずこ？　48
フランスと映画と原作と　52
わが敬愛するジェラール・フィリップ　58
フランスと私——《夢》の翻訳者として　63

［講演］字幕翻訳家、フランス映画を語る　68
プルースト余談——映画「スワンの恋」を翻訳して　96

間奏／一九四〇年のプルースト

プルーストと現実物語《ロマン・レアリスト》　105
CATLEYA——プルースト幻想　118

文学／浅間山麓ふたたび

野村英夫と dangerous boy　127
「きみ、ぼく」と比呂志君よ——芥川比呂志追悼　144
六時から八時までの軽井沢　147

浅間山麓ふたたび　149
黄昏のベア・ハウス　152
雪の朝の別れ　154
［講演］亡友　福永武彦と私の思い出　156
私の「風立ちぬ」周辺逍遥　177
［インタヴュー構成］交友六十年、中村真一郎を偲ぶ　180
今は亡き芥川瑠璃子さんを懐かしむ　196
美しき思考の回路　加藤周一を送る　199
「風立ちぬ」の堀辰雄　201
『小山正孝全詩集』に寄せて　204
煙を吐く我が回想の高原列車　205
詩人　立原道造を思う　208

あとがきに代えて（渡邊啓史）　209
初出と書誌　216

忘れ難き日々、いま一度、語りたきこと

映画／花咲ける字幕の陰に

1970年　ルネ・クレール監督（右）と。

花咲ける字幕の陰に

この表題を目にしておのずとマルセル・プルーストを思い出す人も多かろうと私は思う。かくいう私は早稲田大学文学部仏文科を卒業する際、マルセル・プルーストを卒論のテーマとしていた。しかし、ここはマルセル・プルーストを語る場所ではない。

一九五一年、卒業後一〇年間勤めた外務省を辞して一時、フランス語の通訳や翻訳でわずかばかりの小遣い稼ぎをしていたとき、当時「新外映」と呼ばれたフランス映画輸入会社で仕事をしていた秦早穂子さんからフランス映画の字幕の仕事でもしてみたらと誘われた。そして初めて字幕を手がけた映画が「港のマリー」であった。監督はマルセル・カルネ。出演者はジャン・ギャバンとニコール・クールセル。どんな映画であったかもうすっかり忘れてしまった。

その後、縁があって東和映画に職を得た。そこでフランス映画に字幕をつけていたのが、かの秘田余四郎である。彼は実に見事な字幕をつけていたが、夜になると頼まれた仕事を放り出して銀座裏のバーに出かけ、私に「君、あと続けてやっていてくれよ」と言う。それがきっかけで、私は字幕の仕事を覚えた。秘田さんが亡くなられた後、私が字幕の仕事をすることになった。出来栄えは悪くなかったようで、その内に私の勤める東和ばかりでなく、いわばライバルとも言える、松竹とかフォックスとかヘラルドとか、ユーナイトからも仕事を持ち込まれた。私が川喜多社長によその会社の仕事をしてもよろしいでしょうかとお伺いすると、フランス映画の翻訳はフランスのためである、よろしいとの寛大なお返事であった。私の仕事は増える一方で旅館に閉じ込められて仕事をする羽目になったこともある。

仕事が二〇年、三〇年と続くとフランス映画の翻訳数は何と、七〇〇本にも上った。フランス政府は自国の映画を日本に紹介してくれたことを非常に喜んで私に何と文芸勲章、シュバリエを授けた。一〇年後にさらに一級上のオフィシエ賞まで下さった。私はもちろん嬉しいが、フランス政府が自国の映像文化を伝えるという私の仕事を評価したこと自体にさすがフランスであると感じ入った次第である。

字幕はただの翻訳ではない。歴史的に言うと昔は一行十三文字であった、それが、十二文字、十一文字と減って、現在は十字となっている。手がけた作品の話を私は二年間に亘って白水社の「ふらんす」という月刊誌に連載した。後日、それが『一秒四文字の決断*』という一冊の本になった。

私が字幕の仕事をしていたのはもう半世紀以上の昔になるから少し内輪話をしてもよいのではなかろうか。映画会社から今度はこの映画をお願いしますと言って台本を渡される。試写室に入って私はまずぱらぱらと台本をめくり、台詞が多いか少ないかを見る。というのは、映画の翻訳料は巻数計算であるから。例えば一巻三千円とすると、十巻物の映画だと三万円。台詞が少なければそれだけ労苦は少ないわけである。

さて、試写室で映画が映し出されると、私は台本を広げ、台詞に箱書きをする。箱書きと言うのは台詞の切れ目切れ目に線を入れることである。その台本が工場に渡され、切れ目に従って一つひとつ台詞の長さが計算されて、そのリストが私の元に返ってくる。これを業界ではスポッティングリストと言い、そのリストには一つひとつの台詞の長さがフィート数および、コマ数で表示されている。そのリストを見ながら私は翻訳の字数を決めるわけである。最近はそのリストはコマ数計算ではなく分秒で表されていると聞く。さて、そのリストに従っていわゆる字幕翻訳が行われるわけである。それが出来上がると、チェック試写といって、再び試写室で映画を映してもらって自分の翻訳が画面にぴったり適合しているかどうかを確かめる。

このように字幕翻訳には字数制限と言う技術的な制約があり、文学作品等の翻訳と異なる。なによりも、原文は映像なのだ。人物を含めたその映像にいかにマッチするかが字幕の翻訳者の腕の見せ所でもある。字幕のついた映画を見る観客はそれによって字幕がいかに場面に適切であるかどうかをすぐ判断する。つまり感情移入が巧みに行われるようにする必要がある。字幕と場面に違和感があってはいけない。だから映画を見た人にこの字幕は乗っていますねと言われると、字幕作者としては嬉しい。映画作品としては喜劇はかなり難しく感じられる。私自身は悲劇のほうが手がけやすい。あと社会問題を取り扱った作品などはかなりその背景なり知識を必要とし、慌てて勉強するようなこともある。

＊山崎剛太郎『一秒四文字の決断――セリフから覗くフランス映画』春秋社（二〇〇三）

私の幸せはフランス映画を七〇〇本訳したことでフランス人の人生の多様性に肌で接する思いをしたことである。

忘れられないのは私が若いころ字幕をつけた映画「肉体の悪魔」である。ジェラール・フィリップ演ずる青年と夫を戦地に送って一人でいるミシュリーヌ・プレール演ずる妻との間の今で言う不倫。私はその切なさに今でも胸が痛む。

思えば何と言う楽しい仕事をして生活を支えてきたことであろうと感謝の気持ちで一杯だ。今は残念ながら視力が衰え、映画を見ることはできないが、かつて字幕をつけた映画が私の記憶に生き生きと甦る。映画がいかに私の人生を豊かにしてくれたことか。

（二〇一八）

映画の翻訳とは？

　本誌（「文学」岩波書店）の編集部から、「映画の翻訳」について小論を書くようにと依頼を受けた。翻訳に関する特集ということで、そのおり、参考までにと差し出された企画粗案なるものに目を通し、そこに並べられた堂々の執筆項目の列に、私はいささか心のなかで、ひるむのを覚えたのであった。ひるんだのには、それなりのわけがある。ひとことで、映画の翻訳とはいっても、ほかのどの翻訳者ともおなじ条件のもとでは翻訳していないからである。したがって、ほかのいかなる翻訳者とも同列に並べられることには少なからず異論がある。

　翻訳者という仕事は現代では、もうスペシアリストではない。念のために、スペシアリストという言葉を英語の辞書なり、フランス語の辞書なりで引いてみると、《専門家、専門医》、《……を得意とする人》といった訳が出ているのはご存じのとおりである。たとえば、医者でも心臓外科とか脳神経外科を得意とする人はスペシアリストであるが、医者はスペシアリストではない。ギリシャ語やサンスクリット語の翻訳者はスペシアリストであるが、翻訳者はスペシアリストではない。しかし、映画翻訳者はスペシアリストである。なぜなら、同業者は日本に十人そこそこしかいないからである。だから、このスペシアリストがいわゆる翻訳者のあいだに入って、翻訳一般についてなにかを述べようとすること自体が、かなり無理なことかも知れない。窮屈な、妙な翻訳論になるかも知れない。しかし、それこそが映画翻訳者の宿命なのである。

私が初めて字幕《スーパー》（映画の台詞の翻訳がこのような用語でよばれていることは、もうかなり多くの人が知っていると思うが）を手がけたのは、一九五一年に公開されたマルセル・カルネ Marcel Carné 監督の「港のマリー」*La Marie du port* であるから、この仕事に手をそめてから、じつに三十年になろうとしているわけである。この仕事で私の大先輩にあたる秘田余四郎氏が、一九五五年十二月一日発行の東和映画株式会社（人も知るとおり、フランス映画をはじめ、外国映画の輸入配給で、日本に先導的位置を持ちつづけてきた会社である）の社史のなかで、次のように書いているのは興味深い。

> 日本版《スーパー》というものは、「とんち教室」風に定義すれば「三行に翻訳すべき映画の台詞を一行にコンデンスし、しかも三行の持つ意味を的確に伝えることを理想とするもの」である。どだい無理な話で、云いたいことがそのまゝに云えぬ「腹ふくるる」わざである。（中略）近頃になって、ますます、日本版があだやおろそかに出来ないことが、しきりと自覚されて来たのは、結局、自分は生涯これと縁が切れそうにないと思い出したからである。（中略）しかし、それにしても、日本版というものは、なんと歯掻い仕事であろうか。（原文のまま）

この言葉のとおり、秘田氏亡きあと、私はフランス語を中心にして、この歯痒い仕事をつづけてきているが、そのあいだに、いくどか求められて映画翻訳についての一文を草し、いささかの所見を述べたことがある。そのとき、いつも私が最初に述べるのは、映画翻訳にたずさわる者もまた、すべての外国語の翻訳者とおなじく、外国文化の移入という点ではおなじ基盤に立っているという自負を持っていることである。

しかし、ここでは、《翻訳が完璧たりうるかどうか》ということについては論じまい。この問題は多くの人が論じてきたことだし、これからも繰り返し論じられるだろう。翻訳論には、どこまで完璧になれるかという一般的な命題のほかに、いろいろと特殊なケースも考えられるわけで、そのケースのひとつを映画の翻訳という領域にかぎって、やや詳細に眺めて行くことが、この小論の目的になるだろう。

それには、どうしても他のすべての翻訳——小説、詩、戯曲、評論、科学文献など——との決定的な条件の相違から始めなくてはならない。先に引用した秘田氏の言によると「三行に翻訳すべき映画の台詞を一行にコンデンスし、云々」とあるが、言わんとするところは一読たちまち明解ではあるが、なぜかくも不利な条件を忍ばなければならないのか。この条件——制約と言った方がよいであろう——の拠ってきたるところを具体的に、かつ多少技術的に示すと、次のようになる。

映画のなかで、人物Aが外国語で台詞をしゃべる。そのしゃべっているあいだだけ、その台詞の意味内容を伝達する翻訳字幕が画面に出ているようにするわけで、簡単と言えば、まことに簡単な原則ではある。問題は、一秒にもみたない短い台詞、あるいは長いときでもせいぜい、四、五秒の長さに区切られてしゃべられる台詞を、その時間内で完全に読み終わることができるだけの字数で翻訳することである。一秒で読みうる日本字（漢字、平仮名、片仮名をまぜて）の数は、科学的なデータとして、だいたい四文字ときまっている。この制約を越えると、せっかくの翻訳も観客が読み終わらないうちに、文字が画面から消え去ってしまうということになる。

　これは、つと風が立って、いきなり本のページをひるがえすようなものである。本なら、ページをもとへ戻すこともできようが、映画ではそうは行かない。映画は無情にも、先へ先へと進んで行く。だから、一秒四文字のこの原則は映画翻訳には絶対不可欠の要件である。この要件を欠く翻訳をすると、台詞の意味を納得しないうちに字幕の方がそそくさと、スクリーンの上から消えて行って、腹立たしい思いをさせられたり、あるいは逆に、人物がながながと台詞をしゃべっているのに、翻訳文があまりに簡潔すぎても、なにか物足りない思いをさせられたりすることになる。ことに、人物A、B、あるいはCがいて、三人が活発に台詞のやりとりをするときなど、この翻訳原則は絶対に守られなくてはならない。

　こうして、わずか三、四文字の短文から、一行十字、多いときでも二行二十字ぐらいまでの長さにおさめられた翻訳字幕を、外国語のわからない人が目で追いかけるようにして読みながら、俳優のエロキューションのイントネーションだけをあたかも音楽のように聞き、加うるに俳優の表情、演技に助けられて、いつしか台詞をじかに理解できたかのような錯覚におちいるのである。

　ここに、印刷された文字の翻訳でなく、演じられ、語られる言葉の翻訳、つまり映画翻訳の特殊性がある。それは一方で、字数の制約のために台詞の意味内容の、ときには半分ぐらいまでも省略するが、他方、視覚的な映像にたよって、その割合分を巧みに補えるということもある。これが文学の翻訳にはとうてい考えられない特殊性である。

しかし、ここで誤解のないように言っておくが、映画の台詞の翻訳がすべて、その内容を簡略にしているのではない。分量的に（というと、いささか語弊があるが）内容を減らさずに、映画翻訳者としての特別の労苦もなく、文学の翻訳とおなじように十分な訳文をつけることのできる場合もある。いま、ここで問題にしたいのは、さきに述べた字数の制約ということが映画翻訳の技術上の外的な問題ならば、そのほかに普通の翻訳と本質的に違う内的な問題があるということである。そして、そこに映画字幕の巧拙をきめる決定的な要因があることも見逃せない。

映画翻訳者が使用するテキスト（原文）は一冊のダイアローグ・リストである。しかし、それだけでは、もちろん事足りない。訳者はスクリーン上に写し出される映画そのものを、もう一冊の台本として、この二冊をかさねて見る、あるいは読むことで、初めて映画翻訳という作業にとりかかれる。つまり、翻訳者にとって、ダイアローグの意味はもちろん、その感情内容がスクリーン上にきわめてはっきりと出ているのである。訳文でこの感情を裏切ることはかりそめにも許されない。なぜなら、この感情内容こそは、その人物の話す外国語をまったく理解しない観客にも、ほとんど直感的に正しく感得できるからである。

ここで当然のように思い出されるのは、中村真一郎氏が「朝日ジャーナル」の一九八〇年一月十八日号に寄稿している「わが翻訳論　新しい日本語の創始者たち」のすぐれた一文である。中村氏はこの小論で、きわめて具体的にフォークナーの作品の日本語訳とフランス語訳の相違、『ユリシーズ』の三種類の日本語訳の差異と特徴、さらに『源氏物語』の日本とフランスにおける翻訳にふれ、この三つの翻訳のケースを中心に、長い年代にわたる翻訳の趨勢を追いながら、翻訳の使命と日本語の将来を論じている。最後に、彼は「翻訳家は創作家と並んで、新しい国語の創始者の名誉をになうのである」と結んで、ある種の能動的な役割を翻訳家に期待している。中村氏がこの小論を草しながら、映画の台詞の翻訳のことまで考えていたとは思えないのであるが、期せずして、その論旨はまことに微妙な反応を私のなかに生み出したのである。

映画翻訳者にはテキストが二冊ある、と私は言った。そして、その一冊がスクリーンに写し出される映像そのものである、と。そこには、音（それはしばしば感情表出のための誇張的な音楽であり、また泣き声、笑い声、どなる声や殴りつける効果音でもある）があり、色彩（満面朱をそそぐ怒りの顔や、おののきに蒼白となった顔）までがあるのであれば、映画の翻訳者はテキスト解釈にあたって、文学作品の翻訳のときに欠くことのできない創造力＝想像力が入りこむ余地はないと言える。むしろ、敏感な観客がこの第二のテキスト、つまり映像からほとんど労せずして、なかば本能的に感じとる台詞の感情内容を裏切ることがないように、第一の台本、つまりダイアローグ・リストを訳すことが、映画翻訳者に課せられる最初の任務である。おなじ台詞の翻訳とは言っても、演劇作品の翻訳とは似て非なるものである。演劇作品のばあいは、それが上演されると否とにかかわらず、そこには必ず翻訳者の解釈が息づいている。

おなじ作品が何人かの違う訳者によって翻訳され、またその翻訳作品が上演されるのも、それら訳者の解釈の差異によって、原作がそれぞれ別な姿で味わわれるところに意義があるからである。シェイクスピア劇にしてしかり、モリエール劇にしてしかりである。翻訳いかんによって、新しいハムレットが生まれ、新しいスカパンの活躍を楽しめるのは周知のことである。英国以外の国で上演されるハムレットの方が、英本国での上演より、いつもおもしろいという皮肉な話もうなずける。

しかし、映画のなかの人物を翻訳者が自由な解釈によって、別の人間像につくり上げることは不可能である。なぜなら、もし映画にそうした解釈の余地があるとしたら、それは映画の撮影に先立って台本を読む監督一人に委ねられているからである。このかぎりでは、映画の翻訳者に創造ということはないのであるが、いよいよ、限られた字数のなかに訳文をつめこもうとするときになって、一般の翻訳者にはとうてい考えられないような創造的作業がおこなわれる。映画翻訳者の真の領域はここからひろがるのである。

時には一般の翻訳者と並んで、誤訳、悪訳、珍訳、迷訳のそしりを受けながらも、なお、不自由きわまる悪路を、行く手をはばむ枝を切り落とし、泥濘を飛びこえて跋渉する映画翻訳者の姿を、ここにいくつかの具体例を拾い上げながら、描き出してみたいと思う。

なんども言うようであるが、とにかく、きめられた字数で文章をこしらえ、「読みやすく、わかりやすく、前後の会話との流れに不自然さなく」の要領で、スクリーンに字幕を出さなくてはならない。映画は一秒たりととどまってはいない。読書百遍、意おのずから通ずなどと言ってはいられない。これが翻訳書なら、訳者注でも解説でも参照でも思いのままにつけて、読者の徹底理解に万全を尽すことができるが、映画ではそんなことができるはずもない。

最近、トマス・ハーディ Thomas Hardy の『テス』*Tess of the d'Urbervilles*（一八九一）が、フラ

ンスの監督ロマン・ポランスキー Roman Polanski の手で映画化された（一九七九）。英語版で輸入されたこの映画に日本版字幕をつけるにあたって、私は英文のダイアローグ・リストを読むかたわら、参考までにペンギン・ブックスの『テス』と、日本語の翻訳書を二冊ひもといたのであるが、周知のとおり、そのどちらにも詳しい注がついている。原書にいたっては、原注、注釈はおろか、方言稀語の用語解まで末尾についているのである。その詳細綿密な注釈の数は原書にあっては、なんと軽く五〇〇をこえている。用語解を加えると、その数はさらにふえる。これほどの注釈があって、『テス』は初めて正しく読めるのである。しかし、映画「テス」*Tess* の訳の方はそうは行かない。さいわい、このじつに美しく、感動的な映画が日本でも公開されるので、試みに、原作にたいへん忠実な映画の始めの部分のダイアローグが字幕ではどうなっているのかを見てみよう。英文はいうまでもなく、映画のオリジナル・テキストであり、次の行に示すのが字幕の一回分、括弧のなかが普通の訳文と思ってほしい。

PARSON : Good night.....Sir John.
　牧師：今晩は　サー・ジョン（今晩は、サー・ジョン）[*1]
JOHN : Begging your pardon, sir!
ジョン：ご免なせえ　旦那（ご免なせえ、牧師さん）
　We met on this self-same road t'other day.
先日この道で出くわして　わしが（わしらは、先日、この同じ道で会いやしたな）

And I said "Good night"
〝今晩は〟と言うと（そいで、わしは〝今晩は〟と言いやした）
and you replied "'Good night, Sir John"
わしに〝サー〟と答えやしたな
（すると、あんたさんは〝今晩は、サー・ジョン〟と答えやした）

PARSON：I may have.
そのようだな（そうかもしれんな）

JOHN：Did so again tonight.
今日もまた（今夜もまた、そう言いやした）

PARSON：So I did.
言ったよ（そう言ったよ）

JOHN：Why call me "sir" John when I be plain Jack Durbeyfield the haggler?
しがない行商人のわしをなぜサー・ジョンと?
（わしはただの行商人のジャック[*2]・ダービフィールドだというのに、あんたさんはどういうわけで、わしのことをサー・ジョンと呼びなさるだね?）

＊1　岩波文庫版『テス』（井上宗次・石田英二訳）には、サーの注釈がついている。
＊2　前掲訳書には「ジョンの俗称または愛称」という注がある。

PARSON : Oh, it's just a whim of mine.
気まぐれだよ（なに、私のほんの気まぐれだよ）
I'm Parson Tringham, by the way.
私はトリンガム牧師だ（ときに、私はトリンガム牧師だよ）
I made a discovery about you while tracing some family trees for the new county history.
新しく郡の歴史を調べて系図に
ある発見をしたのだ
（新しく、この郡の歴史を作ろうと、ある家の系図を追っているうちに、あんたに関する発見
をひとつしたんだよ）
I'm an antiquarian , you know.
私は好古家でな（私は古い事柄を調べるのが好きでな）
You, Durbeyfield, are directly descended from the knightly house of the d'Urbervilles.
君のダービフィールド家は
騎士《ナイト》・ダーバビル家の直系だよ
（あんたのダービフィールド家は、騎士の血筋を引いたダーバビル家の直系だよ）
Did you really not know that?
本当に知らんのか（あんたはそのことを本当に知らなかったのか）
JOHN : Never heard it afore, sir!

初耳でさ（初耳でさ、牧師さん）

PARSON：Raise your head a little and let me see your face from the side.

横顔を見せてくれないか（頭を少々起こして、横顔を見せておくれ）

Yes, that's the d'Urbervilles nose and chin......

まさしくダーバビルの鼻とあごだ（なるほど、まさしくダーバビル家の鼻とあごだ）

A trifle coarser than of old, but still......

少々　品は足りんが（昔よりは少々品が落ちてはいるが、それでもまだ……）

According to the Battle Abbey records, your line goes back to Sir Pagan D'Urbervilles,

記録によると　サー・ベイガンに遡り

who came from Normandy with William the Conqueror.

（バトル寺院[*3]の文書によると、あんたの一家はサー・ベイガン・ダーバビルに遡り

ノルマンディー出だ

（彼は征服王ウィリアム[*3]に従って、ノルマンディーから渡ってきたのだ）

JOHN：And yer've I been a'slaving away and living rough all these years!

では　なぜこんな暮らしを！

（それだのに、あっしときたら、この何年もあくせく働いて、辛い暮らしをしてきたんでさ！）

＊3　前掲訳書には、それぞれ注釈がある。

PARSON：thought you might already know something about it.

本当になにも知らんのか（私はあんたも少しはこのことを知ってるかと思っていた）

JOHN：'Tis true I have an old silver spoon and a graven seal at home, but I never paid them much heed.

なるほど家に銀のさじと印章があるが
気にとめたこともない

（なるほど、家には古ぼけた銀のスプーンと彫り物のある印形がごぜえますが、とんと気にとめたこともござんせん）

Where do we d'Urbervilles live today?

そのダーバビル家は？（わしらダーバビル家の者は現在はどこに住んでますだ？）

PARSON：You don't live anywhere.

いまはどこにもいない（どこにも住んでいないよ）

You lie buried in your family vault at Kingsbere-sub-Green-hill, laid out in lead coffins with your effigies under marble canopies.

キングズベリ＝サブ＝グリーンヒルの納骨所の
大理石の像の下に納められている

（キングズベリ＝サブ＝グリーンヒルにあるあんたの一族の納骨室の、大理石の天蓋の下の、肖像のついた鉛の棺桶のなかに横たわっておるよ）

JOHN：And where be our family mansions?
　で　わしらの屋敷は？（で、わしら一門の屋敷はどこに？）
PARSON：You haven't any.
　もうありはせん（そんなものはなにもないよ）
JOHN：No land neither?
　土地も？（土地もないんですかえ？）
　None at all?
　何もない？（なにもないいんで？）
PARSON：You owned an abundance of land in the old days.
　昔は土地がふんだんにあった（昔は土地をたくさん持っていた）
JOHN：But what can I do about it, sir?
　なんとかなりませんか（だが、そいつをあっしがなんとかできませんか？）
PARSON：Ah, as to that......
　その件は……（あ、その件についてはな……）
JOHN：Can I do nothing?
　ダメですか（どうにもならないんで？）
PARSON：Nothing whatever,
　何もできぬよ（なにもせんことだよ）

save possibly chasten yourself by thinking: "How are the mighty fallen."

君はただ　身を正しく持って

勇士は倒れたと思いなさい

（ああ勇士は倒れたるかな[*4]とでも考えて、できるだけおのれの身を高潔に持することじゃよ）

Good night.....Sir John.

おやすみ

サー・ジョン

（おやすみ……サー・ジョン）

思い出す人も多いと思うが、主人公テスの奇しき運命の出発点となる伏線の場面で、テスの父親ジョンと牧師の路上での会話である。少々長い引用になったが、台詞の翻訳（いわゆる字幕）と、一般の翻訳文とを比べて、少なくともどこがどう違ってきているかということだけは、これで誰の目にも一目瞭然にわかるのではないか。そして、映画の翻訳がいかに、その内容がはしょられて、簡単になっているかに驚くとともに、不満を覚える人もいよう。しかし、映画の観客には、そのような不満はほとんどないはずである。なぜなら、前にも述べたように、第二のテキスト（つまり映像）がつねに眼前にページをひらいていて、観客の理解を映像的に助けているからである。

それでもなお、このシークエンスのなかには、一般の観客に不満の残るところが二か所ある。それは、初めに出てくる「サー」という身分をあらわす称号と、最後の方で、別れぎわに牧師の口から出る「勇士は倒れたと思いなさい」である。この二か所の翻訳に、本のなかでは丁寧な注釈がついている。映画には注釈がつけられるはずもないから、それに代わる別な字幕を考えた。「サー」の方は身分の高い人に対する敬称ということで、英語のまま、かなり日本人のあいだにも定着しているものと考え、あえて翻訳せずに、「サー・ジョン」としたが、「サー」のひびきを日本人がどの程度、その内容を理解して受け取るだろうか。

もう一つの方の字幕は観客の理解を得られないままに画面から一瞬のうちに消えて行くことはまず疑いのないところだろう。と言って、ほかに置きかえる訳文も、正直、見つからないし、また一つにはこの牧師の表現自体が、対話者である、しがない行商人ジョンに通じるはずもないという状況を考えて、あえてテキストから遠く離れない字幕にした。ここは、文学の翻訳と異なって、舞台上の台詞のやりとりのばあいとおなじ原則が映画の上にも生かされていると考えてもらいたい。つまり、対話者の一人が相手の言う話の内容を理解しないときは、観客もその対話者と似た立場に一瞬は立たされることを考えなくてはならない。小説ならば、「相手は不可解な表情を見せていた」という表現になるところであるが、映画では不可解な顔つきをして、相手の話をきいている人物の感情内容に、観客がきわめて容易に同化している。そのことを頭に入れて字幕をつくる必要がある。

しかし、ここに引用した「テス」の一例だけについて言えば、右にとり出した二点の不満をのぞ

＊4「旧約サムエル後書、一章一九節からの引用」という注釈が前掲訳書にもペリカン・ブックスにも出ている。

けば、映画の翻訳者として、さして困難にぶつかったとは思わない。その証拠に、字幕の文章と普通の訳文とを比較して読んだ読者は、きめられた字数（字幕の文章が制限いっぱいの字数と思ってほしい）内に要領よく短縮するのはさしてむずかしくないという印象をもったはずである。事実、ここでは主語の省略と、意味の伝達にあたりさわりのない枝葉の切り落としをしたくらいである。しかしこの例文のなかに、いわゆるスーパーに必要とされる特殊な翻訳技術のすべてのケースがふくまれているわけではない。むしろ、スーパーの本領はこれ以外のところにこそあると言ってよいのではないか。そのいくつかの具体例をかかげながら、もうしばらくこの領域をさぐり歩いてみよう。

フランス映画「さよならの微笑み」*Cousin, cousine*（一九七五）という、いかにもフランスらしいエスプリとサンスにあふれた小品のなかに、普通の翻訳者が行わないような字幕の例が、三つ見つかった。これらの台詞が各人物によって話される状況までをいちいち細かく説明する必要はないであろうから、ここにはその前後の台詞をかかげるにとどめる。会話をしている中年の男女は、どちらも道ならぬ恋に思いを焦がしているのである。括弧のなかが普通の訳文である。

Marthe : Moi, la seule chose qui me rende vraiment heureuse, c’est le chant.
マルト：私を楽しませるのは歌だけよ
J’apprends le chant depuis trois ans.
三年前から習っているの

Ludovic：Quel genre de chansons?
ルドビック：どんな歌を
Marthe：Tout. De Mozart à Gershwin.
　　何でも
　　古典から現代まで
　（なにもかもよ。モーツァルトからガーシュインまでよ）

傍線の部分を比較してみると、字幕の方は意訳もいいところである。全体の意を損わずに八字の字幕におさめるとしたら、このほかになにか名案があるだろうか。

Ludovic：Au début que j'étais à Paris, j'habitais dans un hôtel près des Folies Bergère.
　　昔　僕は盛り場近くのホテルにいた
　（僕がパリにいた初めのうちは、フォリー・ベルジェールに近いホテル暮らしをしていたよ）

この傍線の部分の訳は意訳というより、おきかえ、あるいは代用語ということになるだろうか。普通の翻訳ではありえない。次の会話を見てみよう。

Ludovic：Qu'est-ce que vous faites, le dimanche, en famille?

日曜は何をしているの？
（日曜は家族で何をするんだい？）

Marthe：Parfois, on va aux Puces. Mon mari collectionne les soldats de plomb.
夫とノミの市にでかけるわ
（たまに、みんなでノミの市に出かけるわ。主人が鉛の兵隊を集めているのよ）

Mais le plus souvent, il nous emmène dans un restaurant gastronomique.
よく　一流の料理店に行くの
（だけど、夫はとてもよく食道楽のレストランに私たちをつれて行くのよ）

Il les essaie tous. Après, il écrit au Guide Michelin pour se plaindre.
夫は一通り食べて　名店案内に文句を言うの
（彼はレストラン全部にあたってみるの。それから、ミシュラン・ガイドに手紙で文句を言うのよ）

傍点の部分が字幕では完全にネグレクトされていることに気づかれたであろう。しかも、この割愛は文法上でいうところの、文脈の依存による省略という性質のものではないから、訳者としては大いに気がひけるのである。情報（伝達）内容を完全に一つ落としているのである。しかし、このばあい、「日曜は何をしているの？」ときかれて、「主人が鉛の兵隊を集めているのよ」と答えたのでは、いささか不安定だから、「たまに、みんなでノミの市に出かけるわ」の方を字幕に生かすことにした。ただ、そのなかに主人という人物の存在をぜひいれたいから、「夫とノミの市に出かけるわ」としたのである。次の傍線のミシュラン・ガイドにいたっては、その字数から言っても、内容から言っても、一般の観客にこのままのかたちで残せないことは明らかである。「名店案内」がこのさい、代用語として最適であるかどうかは批判に俟つとして、このように字数の多い単語を苦肉の策で、別の言葉におきかえて切りぬけるケースが非常に多い。

台詞の簡略化、省略のほかに、劇映画のナレーションのときは字幕ではどうなるかを、一例をあげて、参考に供したい。ここにかかげるのは、アラン＝フールニエ Alain-Fournier の『モーヌの大将』（一九一三）によるフランス映画「さすらいの青春」*Le Grand Meaulnes*（一九六六）の、あの有名な冒頭の部分である。スーレル先生一家の静かなサント・アガトでの暮らしのなかに、一陣の風のように訪ずれてきた物語の主人公モーヌを迎えるフランソワの新鮮な驚きと、ひたむきな憧憬をひめた友情は、映画を見なかった人も、小説で思い出すであろう。

La voix de François : Mais quelqu'un est venu qui m'a enlevé à tous mes plaisirs d'enfant paisible,
フランソワの声：だが誰かが来て　僕の楽しみをうばい——
（しかし、誰かが来て、おとなしい子供の楽しみを僕からとり上げてしまった）
quelqu'un a soufflé la bougie qui éclairait pour moi le doux visage maternel penché
sur le repas du soir,

母の優しい顔を照していた蝋燭を吹き消した

（誰かが、夕餉の上に身をかたむけている母の優しい顔を輝かせていた蝋燭の光を吹き消した）

quelqu'un a éteint la lampe autour de laquelle nous étions une famille heureuse……

誰かが幸福なわが家のランプを吹き消した

（誰かが僕らの幸せな一家がとりかこんでいたランプを消したのだった）

et celui-là, ce fût Augustin MEAULNES

それがオーギュスタン・モーヌだった（その人、それがオーギュスタン・モーヌだった）

que les autres élèves appelèrent bientôt Le Grand Meaulnes.

彼はのちにモーヌの大将とよばれた

（やがて、ほかの生徒たちは彼のことをモーヌの大将と呼んだ）

Son arrivée coincida avec ma guérison……et ce fût le commencement d'une nouvelle vie.

彼の到来は私に新しい人生をひらいた

（彼がやってきたとき、たまたま私は体がすっかり癒っていて、それが新しい人生へのスタートとなったのであった）

ここで言いたいのは、字幕と普通の訳文とを読み比べると、字幕には翻訳文と言ってもよい部分もあるし、そうは言えない部分もある、ということである。だから、このような映画のためだけの翻訳で、たとえシナリオの翻訳という形にしたところで、欠陥だらけである。しかし、映画の翻訳として、それが成り立っているのは、映像が文字による表現の足りない部分を補っているからである。映画「さすらいの青春」を見た誰もが恐らく、少しも翻訳の不備ということを感ずることもなく、その内容を十分に鑑賞し、雰囲気に酔うことができたのは、そこに言辞にまさる映像があったからである。家族がとりかこむランプがあり、夕餉の上に身をかたむけている母の姿があるからである。翻訳するための字数を限られている訳者は、映像を見て、テキストのなかから残すべき言葉と、省いてよい言葉とを取捨選択するのである。この選択によって、映画翻訳の巧拙が出てくると言っても過言ではない。

こうして作られる字幕の文章は、主語の省略とか、目的語を代名詞で表わすとか、多少とも不正規な「てにをは」の用法とかで、一般の文章に見られない特色を持つことがある。こういうところから、おなじ日本語を扱いながら、映画の台詞の翻訳技術には、一般のそれとおなじ角度からは論じられないもののあることが理解できると思う。

以上、さまざまなテクニックによって、なんとか困難を切りぬけてきた字幕であるが、どうにも手こずるのが、日本には存在しない外国特有の習慣による表現が出てくるときである。いま、その具体例を特定の映画について一つ一つ思い出して、ここにかかげることはできないが、二、三の例をかかげてみよう。

話し合っている人物の一人が途中でくさめをすると、その相手の者がすかさずA vos souhaitsと言う。この言葉の説明は普通の仏和辞典にも出ていて、内容を理解するには問題ないのであるが、これをいざ三字か四字で翻訳しなくてはならないとなると、お手上げの状態で、そのときの対話者の雰囲気で、「かぜか」とか「がんばれ」という字幕にして、その場のつじつまを合わせる。

外国の駄洒落《だじゃれ》も、おなじように手こずる。いますぐ思い出すのは、フランス映画「友よ静かに死ね」*Le Gang*（一九七七）のなかで、五人のギャング仲間がパリ郊外の隠れ家に集まって、次の銀行襲撃のプランをねり、その前祝いにグラスを上げて、乾杯をする場面。ここで、仲間の一人が、「じゃ、元気《サンテ》でな！」と言う。すると、親分株の老ギャングが、「そのサンテは禁句だぜ。俺が裁判官に会ったとき、あんたは元気《サンテ》かね？ときいたら、奴は、おかげで監獄《サンテ》は満員だと答えやがった」と言うくだりがあった。もちろん、パリの有名なサンテ監獄にひっかけての駄洒落で、字幕の方は、片かなのルビをつけたりしてみたが、観客は笑わないから、成功したとは言えない。

私の専門の言葉ではないが、日本とソ連の合作映画「白夜の調べ」のロシア語の翻訳監修をしたとき、日本の女性がロシアの少年アリョーシャを紹介されて、その名をおうむ返しに言うとき、アリョーシャのLの発音をRで言って、少年がおかしがるシーンがあった。字幕の翻訳者としてできたことは、「アレョーシャ」として、「アリョーシャ」との差異を示すぐらいが関の山で、これも訳者の自己満足にすぎないかもしれない。

　このようにいくつかの訳例を並べてきて、映画翻訳者の立場から、どうしても強調したいのが、映画というものの根底にある一過性と商品性、と言って悪ければ便宜主義である。この小論の初めの方で、字幕は風にひるがえるページのようなものだと言ったのはこの一過性のことで、ここから映画翻訳の特徴が出てくる。本と違って、再読は許されないから、スクリーン上の翻訳文に一瞬の疑義も挟ませてはいけない。用語にはもちろん、構文にも両義性や多義性があってはならない。字句にも字くばりにも普通以上に注意がいる。当用漢字表、制限漢字、送り仮名、表記などの問題が映画翻訳者をがんじがらめにして、しめつけにかかるから、訳者が必死の思いでもがく姿は、はた目にも気の毒なほどである。ときには、文法知らず、字知らずのそしりも受ける。その例をいくつか、あげてみよう。その出典とも言うべき映画の題名はいま思い出せないので、内容だけをしるすことにしよう。

　「私を好きよ」のばあい、「私が好きよ」にすると、「彼は私が好き」なのか「私は彼が好き」なのかわからないから、「てにをは」の用法からあえて両義性をとりのぞく文章にする。「サン・フランシスコ大地震のとき……」を「かの桑港《シスコ》大地震のとき」としたのは、いまやかなり定着してきたシスコを用いて、「かのシスコ大地震のとき」とすると、一瞬とまどう心配があるからである。「ニューヨーク大停電のとき」とあれば、このごろなら、「紐育大停電のとき」としないで「NY大停電のとき」という字幕にするだろう。

　送り仮名で、「彼の後ろにきた」と「ろ」を送るのは、「彼の後《あと》にきた」と読まれることを避けるためである。「情け」と「け」を送るのは少々不愉快だが、「情けのある人」と「情《じょう》のある人」では微妙なニュアンスの違いがあって、そのことに訳者がこだわるから、「け」を送るわけだが、「後ろ」も「情け」も夏目漱石の『坊ちゃん』の前例にならったとも、内閣訓令に拠ったとも、訳者には一応の拠りどころはある。

これを要するに、一心に日本語の美しさを守ろうとする訳者の努力と、観客のために少しでも、その場その場でわかりやすく、通りやすい日本訳をつけようとする異常な努力との握手なのである。そして、この後者の努力が映画翻訳者の仕事を特徴づける。

最後に、映画の商品性、また便宜主義についての例をあげてみよう。外国映画で、似たような顔の人物が出てきたり、その名前もなじみがなく、日本の観客をとまどわせたりするような時は、チビとかデブとかノッポとか、時にはその人の職業名などで呼んで、観客の便宜をはかる。さらに、フランスのギャング映画などで、銀行から強奪した金額とか、ダイヤの首飾りの金額を言うとき、原文の新フランを、デノミ以前の旧フランの額に勝手におきかえて、強奪事件のスケールの大きさを誇張したりすることもある。これなどはまさしく映画の商品性であるが、翻訳とはとうてい言えないと知っての上での映画翻訳なのである。

以上のことから考えても、映画は映像を見ることが主体で、字を読むことが主体ではない。別な言い方をすれば、映像それ自体がすでに、目で見る国際語なのである。そこには、訳さないですませられる、多くのことがある。そこから、一般の翻訳と異なるものが出てくるのは当然であろう。しかし、翻訳者としての努力と情熱はほかの翻訳者と変わらない。ただ、翻訳の成果について考えてみると、ある外国の小説の翻訳が評価されるとすれば、それはまず日本語が立派であるということと、つぎに、その訳者なりの創造的行為によって個性ある翻訳が生み出されていることではないだろうか。映画のばあいはどうであろうか。そういう創造的翻訳は不可能なのである。なぜなら、字幕が巧みであればあるほど、それは映画自体、つまり国際語たる映像を生かすことに成功していることを意味するからである。それでも、文学の翻訳におけるように、映画においても同一作品に二種類、三種類の翻訳字幕が出て競作ができたら、と思うのは、そこにやはり字幕づくりの巧拙があるからであろう。

かのミケランジェロは「ダビデ」の巨像を彫るとき、大理石をもう一つよこせと言わなかったという。映画翻訳者も、あと一字よこせと言いたいのを我慢して、与えられた字数内で完成した文章を作るべく苦心する。その苦心のかげに、ほかの翻訳者の知らない創造の喜びをひそかにたのしみながらも、「現代の言語学が行き着いた定義によると、翻訳は相対的な成功しか得られず、変りやすいコミュニケーションのレベルにしか到達できない操作だということになる」という言語学者ムーナン Georges Mounin の言葉（『翻訳の理論』*）をつねに噛みしめているのが映画の翻訳者である。

（一九八〇）

* Georges Mounin: *Les Problèmes théoriques de la traduction*, Gallimard (1963, 1976).
伊藤晃他訳『翻訳の理論』朝日出版社（一九八〇）

回想風なフランス映画翻訳の話

少し乱暴な言いかたかも知れないが、人生は一つのうごく風景であると私は考えている。その風景をもっとも直截なかたちで捉えるのが映画ではないだろうか。そして、フランスにはフランスらしい捉えかたがある。

私がフランス映画のセリフの翻訳に手を染めてから四〇年を超えているから、もう半世紀近い。私の三十代の初めだった。もちろん、映画は少年時代から見ていた。それもフランス映画ばかりを。「ミモザ館」*Pension Mimosas*（一九三五）、「外人部隊」*Le Grand Jeu*（一九三三）、「舞踏会の手帖」*Un carnet de bal*（一九三七）、「装へる夜」（一九三三）。なかんずく、思い出に残るのは「装へる夜」で、原題は*L'Homme à l'Hispano*といって、イスパノ・スイザというエンジンをつけた高級車に乗る男性と美しき人妻との恋物語で、映画史に残るジャン・エプスタンJean Epstein監督のエンジンの特殊な響きの扱い方が当時はじつにモダンだった。その頃、私は早稲田第一高等学院でフランス語を習い始めたばかりだった。先生は去年（一九九五年）六月、芸術院恩賜賞の栄誉に輝いた新庄嘉章先生その人であった。

ある日、私達生徒一同揃って、とは言っても、当時の仏文志望は十四、五名だったろうか、「装へる夜」をフランス語勉強の実習にと総見に出かけた。当時の私の永遠の恋人であるマリー・ベル Marie Bell が主演で、悩ましくも美しい人妻を演じていた。「舞踏会の手帖」のコモ湖畔に住む未亡人クリスチーヌ、「外人部隊」の二役、酒場の女イルマとパリ社交界の女性フロランスを憶えている人も多かろう。

映画が終ってから、私達生徒一同は先生を囲んで、思い思いの感想を述べあった。少年に毛の生えたような、まだ童貞の私は、女優マリー・ベルに恋するあまり、映画の中のあの美しい彼女があの男と寝るはずはない、あの二人はたとえ邪恋でも肉体関係のない純粋な恋であるなどと強調したものだった。思えば、幼く恥ずかしい私の鑑賞だった。先生はうなずきもせず、否定もせず、笑っておられたように記憶している。

それから十何年の歳月が流れて、一九五〇年にマルセル・カルネ Marcel Carné 監督の「港のマリー」*La Marie du Port*（一九四九）の字幕を初めて手がけた。爾来、四〇年間、ほとんど休むことなしに、フランス映画を中心に、いわゆるスーパー（字幕翻訳）をつづけて来た。

振り返って、できのよいスーパーもあったし、できあがりの芳しくないものもあった。できあがりのよいというのは、映画中の人物が生きているということの一語につきる。映画には医師、学者、芸術家、売笑婦、貴婦人、あらゆる階層、あらゆる職業、あらゆる時代の人物が登場する。善人がいる、悪党がいる、卑劣漢がいる、犯罪人がいる。それらを踏まえて、彼らのセリフをそのときの心理のかげりと感情のうごきがくっきりと浮かび上がるように、きめられた字数で日本語にする。

セリフはしゃべられているあいだの秒数の長短によって、翻訳される字数が決まる。三字のときもあれば、一行十字、いちばん長くて二行二十字のときもある。日本古来の三十一《みそひと》文字にもおよばぬ短文のなかに、セリフの内容はもちろん、人物の性格、語気、語調を盛りこもうと、訳者はそれこそスーパーマン的な苦労をする。じつは一度、ある映画について調べてみたのであるが、セリフの総数の約半分は必ずしも十全な翻訳とはいえない。原文を簡略化している。にもかかわらず、映画が鑑賞され、ときに感動を呼び、ときに情緒に酔い、また、批評の対象となっているのは、それなりにスーパーの役割を十分に果たしているからであるといえよう。それは、眼前に展開する画面のうごきと字幕とが微妙に補足し合うからである。ここが本の翻訳と異なる。

ご存じのように、フランス人は表現が大きい。顔だけではなく、体全体で感情を表出する。それに言葉が加わる。この感情伝達のレトリックがずばぬけて巧緻で、優雅で、辛らつで、愛と憎しみ、喜びと歎きがあまりにも見事に表現される。そこでは、フランス語は決定的な伝統の力をふるっている。よく、二人称はフランス語では vous と toi しかないが、日本語では、あなたから始まり、貴殿、貴様、お前、なんじ、そち、そなた、てめえ、と千変万化する、といささか誇らしげに言う。それは確かであるけれども、vous と tu が、こと男女のあいだのこととなると、そこに微妙な雰囲気や状況が生まれてくる。画面を見つめる観客の目には、二人の男女の一夜が何事もなかったかのように明けていながら、次の朝、彼らがさりげなく tu で話し合う、などというあたりには、どんな説明にもまして、深い味わいがある。

以前、「さよならの微笑み」*Cousin, cousine*（一九七五）というフランス映画に字幕をつけたときのことである。妻ある中年男と、夫のいる女とがしだいに接近して、ある日、プール・サイドに水着姿で寝そべりながら、次のような会話をする。フランス語と字幕をかかげてみよう。

女——Qu'est-ce qui va se passer, maintenant?
　この先、どうなるの
男——D'abord, on pourait se tutoyer.
　他人行儀はやめよう
女——Je n'y arrive pas facilement, mais ... je te promets d'essayer.
　抵抗があるわ　でも努力するわ

男のセリフは直訳すれば、「まずは、お互い tu で呼び合うことにしたらどうかな」、次の女のセリフは「簡単にそういうふうにはなれないけれど、でも努力すると約束するわ」といったところである。字幕とはこんなにまで意訳するものかと驚かれるであろう。それはさておき、この会話を交す男女の真意は、男が『もう、このへんでぼくらは一線を越えてもいいのではないか』という気持を言外に訴えているのに対して、女は『おいそれとはいかないけど、いつか、そうなるわ』と、ふくみのある返事をしているところにある。この男女の微妙な心理のニュアンスを、引用したセリフのアンダラインしたことばで表現しているので、辞書の《きみ、ぼく》的な訳だけではとうてい片づかない。かと言って、おなじ意訳では『　』のなかの訳文を縮めて字幕にしても、それはあまりにもストレートになりすぎて、男女の心理の運びとそのニュアンスにそぐわなくなる。字幕とはそういうものである。

一方、フランスでは、愛する人を mon bijou（宝石）、ma biche（牝鹿）、mon ange（天使）、mon chou（キャベツ）、mon trésor（宝物）とさまざまに呼ぶが、日本語ではこれをどのように置き換えられるだろうか。翻訳劇の舞台で「おお、わが天使よ！」「わが宝石よ！」などと呼びかけることがないわけではないが、観客がこういうセリフをすんなりと受けとめているわけではないし、訳文調という批判もある。これが「おお、わが牝鹿よ！」「わたしのキャベツよ！」となったら、まさに噴飯ものである。つまり、日本にそういう呼びかけがないから、訳者としてはフランス語のアレゴリーの巧みさとうつくしさには一も二もなく感心しながらも、適切な日本語を見出せないもどかしさがある。

それが、喧嘩のときの罵り合いになると、フランス語はまた一段と冴えを見せるから面白い。スクリーンでみていると、それぞれが相手を罵ることで、互いにその表現の妙味に酔っているようなところがある。だが、悪口雑言のほうが訳文にもあまり苦労せずにすむのはどういうわけか。どこの国も汚い言葉のほうが人間の本性にとって通じやすいのだろうかと、少々皮肉をまじえて考えてみたりもする。

風習の違いをのり越えられない翻訳もある。私が時々ぶつかって苦労するのは、次のようなものだ。

何人かの人で話がはずんでいるとき、期せずして、急に話が途切れて、一同が気まずい沈黙におちいることがある。そんな沈黙を破るために、誰かが《Un ange passe》（天使が通りすぎる）と言う。これなど、どんな訳をつけたら、日本人に抵抗なく、その真の意味を分からせることができるだろうか。いつも頭を悩ます。そのときの場面、状況を考えて創作するしかない。何の映画だったかも忘れてしまったが、「おや、蚊が飛んでいる」と字幕をつけたことがあった。「腹がすいたな」でも、いいかもしれない。

もう一つ、《A vos souhaits!》。くしゃみをした人に向かって言う決まり文句で、仏和辞典には「おめでとう」とか「のぞみがかないますように！」と出ているが、映画の字幕にはつかえない。観客がキョトンとするであろう。このセリフは三文字ぐらいの訳文にしなくてはならない。そこで脳味噌をしぼって、そのシーンの雰囲気と状況をにらんで、「カゼか」とか「元気だせ」にした。

日本にはない風習が会話のなかだけで出てくるときも困る。アニエス・ヴァルダ Agnès Varda 監督の「歌う女・歌わない女」*L'Une chante, l'autre pas*（一九七七）のなかで、《Bonjour, Philippine》というセリフが出てくる。これはフランスにある遊戯の一つで、食後の果物として出された核の二つある巴旦杏《はたんきょう》の核の一方を相手に与え、次に会ったときに先に《Bonjour, Philippine》と言った方が贈り物を受けるのである。映画では、一少年が足を骨折してギプスをはめている。そのギプスがとれて、母親と靴を買いにいった店先で、少年は彼の母親と仲よくしていた男性が姿を見せないのを残念がって、「ぼくは最初の靴を買うとき、彼と賭けをしたんだ」というと、少年の姉のマリーが「何の賭け？」ときく。すると、その答えが「ギプスがとれたら、Bonjour, Philippine みたいに、先にギプスのことを言う者が勝ちなんだ」なのである。この少年の返事を二十字でまとめなくてはならない。日本にはこんな風習がないから、逆立ちしてもできっこない。そこで、「ギプスのとれる日を先に当てた者が勝ちさ」と字幕をつけた。これらはいずれも、いわば字幕翻訳者の緊急避難的な措置である。

以上はほんの一例にすぎない。駄洒落、語呂合わせになると、お手上げになることが多い。それでも映画翻訳を通じての日仏文化交流の担い手というささやかな自負に支えられながら、六〇〇本以上ものフランス映画の字幕を手がけて来た私のフランス語への愛着はますます強くなるばかりである。そして、今日もフランス映画の中に人生風景をより深く味わうことを楽しみにしている。

（一九九六）

走馬燈のパリ・パリの走馬燈

フランス映画の翻訳者として、わたしがしばしば問いかけられる質問が二つある。一つは「愉しいでしょう?」であり、もう一つは「むずかしいでしょう?」である。どちらも当を得た問いかけである。私はそのどちらにも、否定の答えはしない。確かに、私は仕事をしながら、いつも愉しみ、いつもそのむずかしさに頭を痛めている。が、頭を痛めるその労苦を、ナマの(つまり、字幕のついていない)フランス映画を見るという愉しさがいやしてくれるのか、あまりの愉しさが私を次なる苦労へまた立ち向かわせるのか。この意味では、まさにヴィオロン・ダングル(余技)のように、フランス語の教師をしながら、半生を映画翻訳者として過ごしてきた私である。

初めて字幕を手がけたのは一九五一年、マルセル・カルネの「港のマリー」だった。港町を背景に、ジャン・ギャバンの口をついて出る隠語や俗語がひどくむずかしく、翻訳にてこずった。あれから、ごく最近のアンジェイ・ワイダの「悪霊」(仏語版)まで、私にとって映画翻訳の大先輩である故秘田余四郎の徒弟見習いのような一時期をふくめて、本当に長い歳月が、フランス映画とともに甘く、苦く流れた。それこそ、走馬燈のように。

そうだ、いまの若い人は走馬燈ということばを知っていても、情感的には私が感じるようにはピッタリとはすまい。思えば、映画は成り立ちからいうと、昔はその走馬燈だったのだ。もちろん、映画の走馬燈には無数のちがった影がうつる。それはまさしく、フランスが生んだ実人生の過ぎゆく影である。私の人生に、もし少しでもフランス的なものがあれば、それらの影の反映であろうと私は考える。そして、それらの影は美しく、悩ましく、悲しく、激しく、どうしてもパリへ集中する。建物と樹木と河と空を持つ風景――ひとつのトポス――としての役割を果たしてきたパリ。そして、私自身、十数回も訪ね、そのつど飽かず彷徨《さまよ》い歩いたパリを、影のパリの上に重ね合わせながら、「天井桟敷の人々」を、「ノートルダムのせむし男」を、「リラの門」を、「モンパルナスの灯」を見た。パリの景観抜きではフランス映画は考えられない。

その一つ、ジュリアン・デュヴィヴィエの「巴里の空の下セーヌは流れる」はいわずもがな。ドラマが始まる前に、人気のないパリの町はすでに息づいている。眠ることを知らぬパリの生活の顔であろう。この映画を遡ること十八年、ルネ・クレールの *Quatorze Juillet*（七月十四日、フランス革命記念日）の日本公開題名に「巴里祭」とつけた人がいたのは心憎い。パリへの尽きざる夢であろうか、その後も日本で公開されるフランス映画の題名には原題とは関わりなく、パリを冠するものが多い。

かくいう私も、ジャン・ヴァレール監督の *Les Grandes Personnes*（大人たち）を「さよならパリ」と変え、ルネ・クレマンの *La Maison sous les Arbres*（木陰の家）に「パリは霧に濡れて」と題したことがあった。とくに後者は映画を見る機会もなく、勘を拠りどころに考えついたのだが、映画を見ると、なんと物語の大半が霧に包まれたパリの街で展開しているので、我ながらいささか唖然とした。パリは私の頭の中でも雨が降ったり、霧がかかったりしているのである。

（一九八九）

［断章］映画、この不思議な存在

黒いオルフェ

思えば私は人生の大半を倦むことなくフランス映画の美しいセリフをそれに適う美しい日本語に移し替える努力をしてきた。フランス語が三度の飯よりも好きな私には、喜びであると同時にフランス文化を日本に紹介するという自負にも支えられて来た。手がけた映画について、求められるままに文章を書くこともあったが、そのせいだろうか、親しい友、ときにはパーティ会場などで未知の人からも「あなたの一番好きな映画は？」という質問を受けることがよくある。実を言うと、私はこの種の質問をあまり好まない。理由は簡単だ。何千本とある映画の中からどうして一本あるいは二本を選べるだろうか。が、この質問を逆手にとることもある。関心を寄せている美しい女性がどんな人かを知りたくて、「あなたはどんな映画に心惹かれますか？」と尋ねることがある。

許されよ。何を隠そう、私の一番好きな映画は、マルセル・カミュ Marcel Camus 監督の「黒いオルフェ」*Orfeu Negro*（一九五九）である。その詩的な物語、悲しみに満ちた音楽、舞台となったバッカスの土地が一体となって究極の映画美に昇華したこの作品はもう何十年もの間、私の胸に去来してやまない。

天井桟敷の人々

私は多様な人生が反映された映画に心惹かれる。限られた人生で体験しない人生を味わわせてくれるからだ。それは同時に他者の人生の理解にもつながる。この芸術の効用をもっとも強く感じさせてくれるのが「天井桟敷の人々」*Les enfants du Paradis*（一九四五）である。

最後にカーニヴァルで踊り狂う群衆の中を馬車で遠ざかるギャランス。その後を追うバチスト。それは多様な人生、つまりあらゆる階層の人間、貴族、庶民、金持ち、貧乏人、大道芸人、宿無し、犯罪者、激しい恋に身を灼く男女がそれぞれの運命を背負って流されて行く人生を、象徴しているのではないだろうか。私は一観客として彼らの人生に感情移入して、希望と失意、成功と挫折、恋情と嫉妬が織りなす人生模様に思いを深くせずにはいられない。

また映画の終りに近く、ナタリーとギャランスの、いわば女同士の対決のセリフ。

ギャランス：わたし、行かなくちゃ…
ナタリー　：また行くの？　気楽でしょうね、去って行く人は。
ギャランス：なぜ気楽？
ナタリー　：行って、また帰ってきて気楽だわ。発てば発つで名残惜しまれ、帰れば帰ったで思い出に飾られ、懐かしがられてさぞ気楽でしょうね。

詩人ジャック・プレヴェールの手になるセリフは美しいだけではなく、人生の深奥を抉って心に迫る。

ジャン＝ルイ・バローを初めとする名優揃いの演技陣、J・プレヴェールの台詞、レオン・バルザックの舞台装置、ジョゼフ・コスマの音楽が、マルセル・カルネの非凡な演出によって完璧と言ってよい映像世界を創りあげたのである。人はこの映画を見るたびに新しい発見をし、年を重ねるとともに解釈の度合いをさらに深いものにして行く。これこそが真の芸術作品の本質ではないだろうか。

「影」の呪縛

映画は不思議な存在である。かのリッチオット・カニュードが映画を第七芸術と名付けて、商業主義作品に抵抗を試みたことは周知の通りだが、同じ芸術でも、気の遠くなるほど古い歴史を持つ文学、絵画、音楽、舞踏、彫刻、建築に比べると、生まれたばかりの赤子と言ってもよい映画にかくも心を奪われるのは不思議というほかはない。強いて言えば、先達の芸術を総合しているからだろうか。しかし、映画から受ける感動と文学作品や一枚の絵画から受ける感動とはなにか異質のような気がしてならない。なぜだろうか？

私は映画には快く誘惑され、快く騙される。到底、人生にはあり得ないことと思いつつも、ころりと騙される。そこがほかの芸術と少し違うような気がする。私は映画を貶めて言っているのではない。快楽を与える側と与えられる側との間に交わされた暗黙の契約のことを言っているに過ぎない。

私たちは影を追っているのだ。「影」について一つエピソードを紹介したい。一九九八年十一月三日、ジェラール・フィリップの長女アンヌ＝マリーが来日した。彼女を囲む会合に招かれた私は、既に一九五三年、彼女の父ジェラールが来日した時に会っていたから、彼女とは一気に親しくなり、話が弾んだ。その折、アンヌ＝マリーは「父は《映画は影 L'Ombre だよ》と言っていました」と私に語った。その言葉を聞いて、私は舞台人である彼にとっては、映画の中の彼は影に過ぎない、舞台こそは彼の生身の芸術である、ということを強調していたのだと解釈して大いに納得した。

いま考えてみると、影というのは彼一人の演技ではなく、映画全体をそう捉えて、ほかの芸術と対比させていたのではないかという気がする。そこに映画独自の魔力がある。この魔力の呪縛から解き放たれることはないだろう。私にとって映画は不思議な存在なのである。

来日したアンヌ＝マリー・フィリップと。

あのボルサリーノ、今いずこ？

一般に愛用品といわれるものにどんなものがあるだろうか。常識的にすぐ思いつくのが、パイプ、ステッキ、万年筆などの類だ。帽子もそのうちの一つであろう。

いつ、どんな機会に私が帽子を愛用し始めたのか。愛用ということは思い出に通じる。私がいわゆるソフトをかぶり始めたのは大学時代であるから、驚くまいことか、もう半世紀になる。じつはそれを確めようと、何冊もある写真アルバムのなかから、大学時代のものを引っぱり出してきて、めくってみた。キャンパスのなかの芝生ぞいのベンチに学友三人と並んで撮った写真に、私は替えズボンに、上着は文学部の襟章をつけた黒い制服を着て、膝の上には、なんと、白のパナマをのせて写っている。学友はもちろん、膝の上に角帽をおいているのに。大学が夏休みに入る前の、初夏の一日のスナップであろう。それにしても、学生の分際で、しかも制服を着て、白のパナマをかぶっているとは！

思い出をたぐっていくと、その理由がぼんやりとながら浮かんできた。私は早稲田第一高等学院時代に、山内義雄先生、新庄嘉章先生からフランス語を教えて頂いた。その山内先生が長身で、スマートで、鼻母音がじつに美しく耳にひびくフランス語で、学生を魅了していたことはつとに人のよく知るところである。その先生が夏になると、パナマのつばを全部下におろした格好でかぶって、学校にこられた。長身なだけに、それが憎いほど先生の姿を瀟洒にしていた。フランス語はうまい（当時、フランスの駐日大使であった詩人ポール・クローデルとは親交があって、大使が先生のフランス語に舌をまいておられたことはあまりに有名な話である）、話題は豊富でおもしろい、人間的な優しさ、まだ少年くさい私はそういう先生に、フランス文化の結晶を見るような思いがしたものである。

　いま思えば、われながら恥ずかしいかぎりだが、そんな先生にあやかるつもりで、大胆にも学生服にパナマをかぶって登校していたのである。大学へ進んでから教えを頂いた西條八十先生もよくソフトをかぶっておられたように記憶している。こういう環境がいつのまにか、私を帽子愛用者にしてしまったのではないだろうか。

　帽子にもいろいろある。ソフト、ハンチング、ベレー、運動帽、レイン・ハット、マドロス帽などなど。帽子がその人の職業を表わす場合もあるようだ。が、私は職業とは係わりなく、真夏を除いてソフト一点ばりである。二十年以上も前からボルサリーノを愛用しているが、ボルサリーノに落ちつくまではステットソン、ノックスの時代があった。

　これは正確な日本語ではないかもしれないが、帽子には「かぶり味《あじ》」がある。いちど味をしめると、私なぞは大事に大事にかぶって、捨てがたい愛着をかんじる。だから、帽子を脱いで、机とか卓子の上に置くようなときは、決してつばを下にしてぺたっとは置かない。なぜなら、それをくり返すことによってつばのかたちが壊れるのが怖いのである。私は必ず、帽子を裏返して、つばを上にして置く。この置き方は、人に教わったような気もするし、外国映画を見ていて、その物語の人物が帽子をそういうふうに置くのを見て、以来、それに従っているのかもしれない。そう言えば、フランス映画にはソフトやパナマ、ベレーなど帽子を惚れ惚れとかぶる俳優が多い。

外国映画のことで思い出すのが、一九五九年に東京で開催された第二回フランス映画祭のときのことだ。私は出品作の何本かに日本訳の字幕《スーパー》をつけたので、そのとき来日していた、かのシャルル・ヴァネルに思いもかけず出会った。彼もボルサリーノをじつにうまくかぶっていた。映画では何べん彼に会っていたことだろう。そのたびに、彼の好演に心ひかれた。戦前に見た「外人部隊」の酒場の主人ガストン、戦後では「恐怖の報酬」の人生の落魄者ジョオなどがとくに強く心に焼きついている。

短い滞日のあと、そのヴァネルが去っていくとき、彼は何を思ってか、つとかぶっていたボルサリーノを脱ぐと、記念にと私に差し出した。私はびっくりしたが、有難く頂戴した。ところが、彼が離日したあと、かぶってみると私にはすこぶる大きい。せっかくの彼の好意を生かしたく、内側に紙を折りたたんで挟みこんでみるなどしたが、絶望的であった。しばらくそのまま手もとに置いておいたが、むだに黴を生やすのも惜しいと思って、映画界の一友人にゆずった。その友人はしばらく、得意になってかぶっていたようだが、病気で早く死んだ。

あの帽子はどこにいったであろうか。そんなことを考えているとき、今年（一九八六年）のカンヌ映画祭から帰ってきた親しい友人から、シャルル・ヴァネルが映画祭のオープニング・セレモニーを飾るスピーチをしたとの話をきいた。思えば、彼は九十四歳である。二十年以上も前に私に帽子を譲りわたしたあと、買いかえたであろうボルサリーノも、彼の頭の上でさぞかしくたびれているであろうと、私が想像しても無理からぬことではなかろうか。愛用品とはそのようなものであろう。

（発表時期不明、一九八〇年代）

フランスと映画と原作と

まるで三題噺《さんだいばなし》のような題目を掲げたが、別段に順序立てて話を進めるというわけではない。ただ、これらのどれもが私の人生と仕事に深く係わっているということにすぎない。では、これらはどのように展開したのか？

私の部屋の本棚には岩波文庫が優に三百冊を超えて並んでいる。どれもが少し黒ずんでいて、なかには背文字の読めないようなものもあり、迂闊《うかつ》に背のところから無理に引き出そうとすると、背が破れそうになるものがある。そのなかの一冊がいきなり私を少年時代に立ち返らせる。芥川龍之介の『侏儒の言葉』である。奥付を見ると昭和七年八月十日発行とあるから、私が十六歳のときの本である。表紙の題名も裏表紙の岩波のロゴの文字も現在とは逆向きの左書きになっている。私がこの一冊を買い求めたきっかけはもう全く憶えていない。憶えているのは、こういう人生観――というよりも物の見方、考え方――があると知って少なからず衝撃を受けたことだ。といって、一途に反骨に走ったのではなく、物の見方は多様で、それが文学だと無意識に悟り、現代風に言えばアフォリスム的批判精神として、少年時代の私に影響を与えたらしい。

事の序でに記すと、後年改版された『侏儒の言葉』をたまたま、ある機会に開き、その末尾に大学生時代から終生の親交を結ぶことになった中村真一郎が、芥川龍之介のアフォリスムを巡って小説家と思想家の立場を鋭く分析した文章を読んで、まだ少年だった私がすでにこの本に注目したおのれを自負したくさえなった。

当時、私は府立四中（現在の戸山高校）の学生で、『侏儒の言葉』の《なぜ軍人は酒にも酔はずに、勲章を下げて歩かれるのであろう？》の影響かどうかは分からないが、生徒を陸軍幼年学校に送り込むことを大きな目標にしている教育方針に内心反抗して、やたらに本を読んだ。芥川は勿論、谷崎の妖しげな小説も読んだ。それから外国の小説では、モーパッサンとかドーデとか、シュトルム、ヘッセなんかも読んだ。みな岩波文庫で読んだ。中学生だった私の小遣いは限られていたし、薄いものなら星一つ二十銭で買えたのだ。世に言うところの文学に毒されつつあった私はいささか不良っぽくなり、学校から四年修了を迫られて、早稲田第一高等学院文科に入学、ためらわずに第一語学にフランス語を選んだ。狭い読書範囲だったが、なぜか私はフランス文学に一番心惹かれていた。これが私の生涯を運命づけた。

ここは私の平凡な学校歴を記す場所ではないが、平凡でないことがあった。早大仏文科に進学したころから、おのれは早大にありながら、東大生の中村真一郎、加藤周一や慶大生の白井浩司、芥川比呂志らとの交友が始まったことである。その加藤と、今は黄泉《こうせん》の客となった中村の卓見が一九九七年発行の別冊『読書のすすめ』で仲良く肩を並べていたとは、なんという嬉しい奇縁であることか。周知のごとく私の朋友がそれぞれの分野で見事な業績を積み上げて行く傍らで私は半世紀に亘ってフランス映画のセリフを日本語に翻訳する仕事に携わって映画ファンを楽しませてきた。これも日仏文化交流に役立つ一つの形であろうと自らを慰めたのである。

映画のセリフの翻訳（これは一般の翻訳とは大いに異なる）の特殊性については、岩波書店一九八二年刊行の『翻訳』のなかで詳しく述べた。翻訳しながら、その映画の原作が古今東西世界に名だたる文学作品となれば、字幕翻訳者としての私の興味はいやます。すぐ頭に浮ぶのは、フランス映画なら「赤と黒」「モーヌの大将」（日本公開題名は「さすらいの青春」）「ボヴァリー夫人」で、ロシアなら「罪と罰」「白痴」など、イギリスならまずは「ハムレット」それから「テス」など、枚挙に暇《いとま》がない。では、映画と原作とはどのような関係に置かれるのだろうか。

映画を見て、その原作を読みたくなることがよくある。その逆のケースは一般にはまずない。ただし、例外はある。映像作家、つまり映画監督がそうだ。そこで私の頭にすぐ浮ぶのは『赤と黒』である。今でこそ世界に知らぬ人はない名作であるが、一八三〇年末に刊行されたときには、「十九世紀年代記」と副題をつけたこの小説は世人の注目を引くことなく、売れた冊数は極めて僅かだったと伝えられている。しかし、『赤と黒』は作者の予言どおり、十九世紀末には近代小説の誕生を告げる作品として評価され、今日まで読み継がれていることは贅言を要しない。『赤と黒』の第十三章にはサン゠レアルの《小説は街道に沿って持ち歩く鏡である》という言葉が掲げられているが、一世紀以上を隔てて一九五四年、クロード゠オータン・ララがその鏡をカメラに持ち代えたのである。すでに一九四八年に『パルムの僧院』を映像化していた彼が再びスタンダールの小説に挑んだことを私はよく理解できる。世間ではこの種の映画を原作のダイジェスト版として見る傾向がある。私はそれを否定はしないが、映像作家が原作に挑むというのは原作を超える創作意欲に衝き動かされているからである。

原作を先に読んでいる人なら、私もそうであるが、どこに、どんな監督の創作があるかを見ていくことに、オリジナル・シナリオによる映画を見るときとは異なった格別の楽しみが湧くし、作中人物の風貌についてはなおさらである。卑近な例を挙げよう。小説『赤と黒』の読者はどのようにジュリアン・ソレルを始め、レナール夫人を、公爵令嬢マチルド、その他の人物の風貌を頭に描いていただろうか？　恐らくは多くの読者は心のなかにジュリアン・ソレルとレナール夫人の目や唇や鼻梁を描き出すことなく読み進み、しかも感動したであろう。それが文学芸術の魔法である。呪縛である。映像作家はそうはいかない。作中人物は現実に存在しないのだから、似せようにも似せようがないのである。監督は物語の主要人物を俳優の姿を藉《か》りることによって彼らの外貌を決定し、彼らに演技させることで人間を創造したのである。スタンダールが生きていて、映画「赤と黒」を見たら、何と言ったであろうか？　しかし、問題は映画が小説を裏切ったか、裏切らなかったかではなく、読者が小説中の人物の人生を追体験するように、観客がコクトオのいう「暗闇の中で」スタンダールが創り上げた「世界をしばし共有」したかどうかである。

こうした映画と原作、つまりは映画と文学の関係は識者の間で専門的な研究がなされていることは誰もがよく知っていよう。中村がまだ若いころ、同じく私の親しい友三輪秀彦と共訳したクロード＝エドモンド・マニイ Claude-Edmonde Magny（一九一二―一九六六）の『小説と映画』[*] *L'Age du Roman Américain* (1948) もその一冊である。著者のマニイはアメリカ生れであるが、サルトルと同じエコール・ノルマルを出たのち、評論家として活躍した女性である。同書は《時間》《デクパージュ》《省略》をテーマにカメラによる一場面の分析で両者の芸術的関連性に迫っている。つまり、映像作家の創作的部分が小説にどう向き合うかということになるが、この関連はもう少し複雑になることもある。原作と舞台と映画の関連である。

私はごく最近、DVDによる「モリエール・コレクション」（発売元（株）アイ・ヴィー・シー）の日本語字幕監修を担当した。この企画は誠に壮大なものでモリエールの十九作品が収められる予定と聞く。その前期分として九作品（例えば「タルチュフ」「人間嫌い」「スカパンの悪だくみ」など）がモリエール・ファンの手元に届くことになったのは監修者として嬉しいかぎりだ。

このDVDは原作と舞台と映画という関係を生んだと言える。じつは一九八三年に岩波ホールで公開されたアリアーヌ・ムヌーシュキン監督の大作「モリエール」の字幕翻訳を手掛けた私は、今でもあの映画の凄絶なラストシーンが忘れられない。「気で病む男」の上演中に舞台に倒れたモリエールは数人の座員たちによってリシュリュー街の自宅に運ばれて行く。吐いた血が舞台衣装のままの彼の胸元を真紅に染めていた。そのときのヘンリー・パーセルの音楽は荘重そのもので、舞台に生き、舞台に死んだモリエールの全生涯を締めくくるという思いが切々と伝わってきたのであった。

手元に届いた新しい資料を見ながら、私は仕事にかかる前から胸を轟かせていた。それはジャン・ヴィラールやジェラール・フィリップが支えてきたTNP《テーエヌペー》（国立民衆劇場）の舞台と多少異なるものがあることを私に予感させたからである。DVDを見ると、私の予感は必ずしも外れてはいなかった。新しい演出家と新しい役者陣、加えてその舞台を撮る監督が一体となってモリエールに挑んでいるのである。DVDのクレジットにも演出家の名前と並んで監督の名前が出ている（演出家と監督が同一人のこともある）。彼らはそれぞれ新しい手法――演技、衣裳、セット、音響――で従来のモリエールの舞台に新鮮味を漂わせている。一例を挙げると、「スカパンの悪だくみ」では、開幕と同時に舞台奥のスクリーンに波が大きくうねり、時折雷鳴が轟く海上を遠くから一隻の帆船が次第に近づいて来る。スクリーンが消えると、父親の不意の帰国に息子のオクターヴと友人のレアンドルが舞台に現れて狼狽ぶりを展開するという塩梅《あんばい》だ。いかにも現代風なタッチではないか。しかし、話が進んで行くと当然のことながら、改めてモリエールの存在感に圧倒され、古典は現代に通じるとの思いを深くしたのである。

思えば、十七歳からフランス語を学び、フランス文学に親しみ、フランス映画翻訳とフランス語教師をなりわいとしてきた私にとって、岩波文庫はいずれの道を歩んでも、常にもっとも身近にいた私の師であり、友であった。

（二〇〇六）

＊中村真一郎・三輪秀彦訳『小説と映画――アメリカ小説時代』講談社（一九五八）。三輪に拠る改訂新版がある。三輪秀彦訳『アメリカ小説時代』竹内書店（一九六九）。新版は初訳で省かれた原注を復活させ、訳注を増補する。

わが敬愛するジェラール・フィリップ

いま（二〇一二年）から五十九年前の一九五三年、私は外務省を辞して、映画配給会社の東和映画（現・東宝東和）に入社した。爾来半世紀以上に亘ってフランス映画のセリフを日本語に翻訳する仕事に携わり、七〇〇本を超える作品を世に送り出すことになるのだが、そのきっかけとなったのが、この年の十月に開催された第一回フランス映画祭であった。当時、この映画祭の立案者でもあった東和映画の川喜多長政社長から、フランス語の判る方が欲しいとのことで迎えられた。

ジェラール・フィリップとの出会いは私にかなり強烈な印象を残した。彼は、アンドレ・カイヤット監督、そして「乙女の湖」で可憐なヒロインを演じたシモーヌ・シモンらとフランス映画界の代表として来日した。その短い滞在の間に、黒澤明監督の「虎の尾を踏む男達」を是非見たいというフィリップの要望に応えて、川喜多かしこ夫人がその試写の斡旋をされた。そのとき、同夫人のはからいで、日本語を理解しない彼の鑑賞のためにと、私が彼の座席の背後にいて、映画の通訳を務めることになったのである。

試写室が暗くなって、ものの五、六分も経ったであろうか、セリフの通訳とも、物語の展開のかいつまんだ説明ともつかぬものをしゃべり続けていた私の方を振り返った彼は、かなりそっけない口ぶりで、「説明をしていただかなくても結構です」と言うなり、またスクリーンの方に向き直り、もう私の方へは関心を払わなかった。彼は彼なりに、舞台役者、映画俳優として、全身全霊を打ち込んで見ていたのだ。わたしの説明など必要ではなかった。むしろ、フィリップにとっては私の通訳なり説明が鑑賞の妨げになっていると、そのとき、私は直観したのであった。

彼は、単に美しさを売りものとした俳優ではなかった。彼の俳優（コメディアン）という仕事を天職として誠実に、真摯に向き合う姿勢に私は素直に感動したのであった。

フランスでは真のスターは〝アクター〟ではなく〝コメディアン〟と呼ばれる。コメディアンとは、舞台で演じることが出来る俳優にだけ使われる名称であ

一九五三年十月　第一回フランス映画祭にて。左から、アンドレ・カイヤット、山崎剛太郎、ジェラール・フィリップ、シモーヌ・シモン。

る。だからアラン・ドロンは〝アクター〟とは呼ばれても〝コメディアン〟とは言えない。フィリップは、真の〝コメディアン〟だった。

もうひとつ忘れられないエピソードがある。「モンパルナスの灯」である。そのころ、フランス映画が新しく会社に到着すると、まだ日本語字幕がついていない状態で、ごく僅かな関係者だけがそれぞれ胸を躍らせながら初めて見るのであるが、そのとき、フランス語のセリフを聞きながら、同時通訳のように、その大意を説明する役目を私が仰せつかっていた。この作品のときもそうであった。

ところが、映画が進むにつれて、私の心はしだいしだいに悲しみと感動にしめつけられ、いつものように事務的に平然と解説を続けることが出来なくなったばかりか、無理におさえる涙は喉につまり、それこそ古い表現で恐縮だが、声涙ともにくだるの状態になって、声が出なくなってしまったのである。私は途中で解説をやめた。まわりの人も私の異様な感動ぶりに気づいたらしく、さいわい誰も説明を催促しなかった。

そして、ラスト・シーン。これがまた最高に素晴らしかった。モジリアニが冬の夜遅く、飢えと胸の病のために、ついに施療院のようなところで息を引きとり、その最期を見とどけた画商がすぐその足で、モジリアニの貧しいアパルトマンへ赴くと、ひたすら夫の帰りを待つジャンヌに彼の死を告げずに、床にじかに置いてある数点の絵を一枚一枚取り上げて、感歎の声を上げて眺めながら、全部を買い上げたいと言うのである。そして、現金で直ちに支払おうとする。そのとき、まだ夫の死を知らないジャンヌが目を輝かせながら、「いいえ、お金の問題ではありません。モジは芸術家です。あの人には勇気づけが必要なのです」というくだりに至って、私の眼からついに滂沱として涙がながれ落ちたのであった。

ジェラール・フィリップの迫真の演技に圧倒され、感動のあまりの涙であった。まさに命がけとも思える名演技と共に、このセリフは長く私の心に残った。

一九九八年十一月三日、フィリップの娘アンヌ＝マリー・フィリップが来日した。彼女を招聘したセテラ・インターナショナルの社長山中陽子さんは、私が既に一九五三年に彼女の父ジェラールに会っていることを知っておられて、親切な心遣いで、アンヌ＝マリーの歓迎パーティーに招いて下さった。

パーティーの席上、彼女の口から「父は、映画は《L'Ombre》影（幻影）であると言っていた」という言葉を聞いた。私には意外に思えた。しかし、彼にとっては生身で演じられる舞台こそが本質であったのであろう。なぜなら、舞台では演技を変えることが出来る。しかし、フィルムの上ではそれは出来ない。そこに舞台俳優としての不満があったのではないだろうか。では、なぜあれほどたくさんの映画に出演したのだろうか。それは、己の芸域を広げるため、またより多くの人に観てもらいたいという願い、それと映画出演によって豊かな収入を得るためであった。ただし、彼はその収入を己のものとすることなく、けっして豊かではない環境におかれている演劇人、舞台人の立場を少しでも高めたいという願いからだった。事実、彼は俳優組合さえ創設した。

ジェラール・フィリップは一九二二年十二月四日、南仏カンヌに生まれ、一九五九年十一月二十五日、パリで病死した。三十七歳の誕生日を目前にした、あまりに若すぎる死だった。

一九五九年といえばトリュフォーの「大人は判ってくれない」やゴダールの「勝手にしやがれ」が作られた、フランス映画のヌーヴェル・ヴァーグ元年ともいうべき年で、このあと、〝作家《フィルムド》の映画《トゥール》〟の時代になってゆく。そうした矢先の彼の死は、象徴的である。第二次大戦を間にはさんで、戦前のフランス映画の顔がジャン・ギャバンだったとすれば、戦後のフランス映画の顔はジェラール・フィリップだったとはいえまいか。

ジェラール・フィリップの死で、フランス映画のある時代は、確かに終わりを告げたのだ。

（二〇一二）

フランスと私――《夢》の翻訳者として

フランス映画を通して人生の多様性を学ぶ

出会いは人の運命を左右するとも言われるが、そうかもしれない。私は一九三四年に早稲田第一高等学院文科に入学した。国文、英文、仏文、独文という学科別はまだなく、第一語学をどの外国語にするかという選択があるだけで、あとは共通科目を習った。私は少しもためらわずにフランス語を選んだ。といって、すでに確たる勉学の目標があったわけではない。中学の三、四年の頃、モーパッサンの短篇とかヴェルレーヌの〝巷に雨の降るごとく〟を読んで（もちろん翻訳で）、他の国よりはフランスに漠然と憧れていたに過ぎない。だが、この第一早高で山内義雄（一八九四―一九七三）先生、新庄嘉章（一九〇四―一九九七）先生にフランス語を教えていただくという幸運に恵まれた。片やロジェ・マルタン・デュ・ガール、片やアンドレ・ジイドで仏文学ファンを熱狂させていた両先生から受けた影響は極めて大きく、私は一挙にフランス語とフランス文学にのめり込んでいった。

その頃から新宿にフランス映画を見に行って、少しでもフランスの空気に触れるようにした。「モンパルナスの夜」「装へる夜」などが私のフランス映画との最初の出会いだったような気がする。

大学で仏文科に入ると、教室に姿を見せられたのが吉江喬松、佐藤輝夫、西條八十という最高の教授陣である。一年、二年、三年、まだ青二才の私は三先生の真価を正しく認識する能力もないまま、ただ温情に甘えて学年が進むにつれて、情緒的だった私のフランスへの憧れは徐々に信仰のようなものにさえ変わっていった。

一九四〇年に大学を卒業したが、世界はすでに戦争の幻影に脅かされていた。私は何をしたらいいのか？ フランス語を活かし、少しでもフランスに近づきたい思いで、一策を案じて外務省に職を求め、戦時中を仏領インドシナで過ごした。行動主義文学を掲げて活躍していた小松清にハノイで出会ったのもその頃である。

悪夢のような戦争が終わり、帰国した私は、思うところがあって外務省を辞し、相も変わらずフランスへの思いを募らせながら通訳をしたり、半端な翻訳をしたり、文章を書いたりして糊口をしのいでいた。そんな私を見かねてか、仏印時代に親しくしていた先輩格に当る友人の紹介で、カルネの「港のマリー」の字幕翻訳をやってみないかと声をかけられた。私は飛びついた。何という幸運！ しかし、セリフは目新しい俗語や隠語がやたらに多くて、適切な訳語を見つけるのに苦労したことが忘れられない。

一九五三年、縁あって私は東和映画（現在の東宝東和）の川喜多長政社長に迎えられ、ここで日本版字幕製作一般の業務に携わる一方、かの有名なフランス映画字幕翻訳の第一人者、秘田余四郎さんに字幕作りの秘伝を教えてもらった。免許皆伝となったかどうか、一九六七年、秘田さんは病に倒れ、その才を惜しまれながら他界した。その訃を悲しむ暇もなく、私は大先輩の巧みさには遠く及ばないことを自覚しつつも、彼の跡を継ぎ、フランスを愛する川喜多社長の温かい庇護の下にフランス映画の字幕翻訳に情熱を注いだ。なぜか？　大学でフランス文学に培われたこともその一因であろう。古典あり、現代文学の名作あり、オリジナルあり、異国の風土あり、そこにはいつも人間が生きていた。それは私の世界を限りなく広げてくれた。限りある私の人生では到底接することのできない他人の経験を、たとえ二時間でも共有し、主人公の悲嘆と歓喜、絶望と高揚を我がものとした。コクトオは「映画は暗闇で一緒に見る夢である」と言ったではないか。だから私は夢の翻訳者である。素直な夢もあれば、解釈の難しい夢もある。この後者で私にとって手強かった映画が三本あった。

その一つはストローブ＝ユイレ監督の「オトン」。コルネイユの彫琢期の作品とされながら、「ル・シッド」に比べるとあまり人に知られていない。ローマのガルバ皇帝の時代だから、人名、地名、官職の表記などについては、親しくしている早大の伊藤洋先生にお教えいただいた。その時、「オトン」はフランス読みで、正しくは「オト」であることも知った。

次は、今は亡き名優アラン・キュニーが監督した、たった一本の映画「マリアへのお告げ」。原作がポール・クローデルであるだけに、もしクローデルと親交があり、私の恩師でもある山内先生が生きておられたら字幕翻訳に際してさぞかし適切なアドバイスがいただけたであろうと残念な思いを新たにする。キュニーには一度だけ東京で会った。一九七五年、蔵原惟繕監督の「雨のアムス

ジャンヌ・モローと

1985年　第1回東京国際映画祭にて。

2002年10月31日　日仏学院にて。

テルダム」出演のために来日した時ではなかったろうか。彼独自のマスクが強く印象に残っている。もう一本はアンドレ・デルヴォー監督の「黒の過程」である。これはユルスナールの小説であるから、字幕には苦労した。その方面の権威であり、ご親交をいただいていた岩崎力先生に監修をお願いして難関を切り抜けた記憶がある。

いずれにしても、私は半世紀にわたり千差万別の映画を、特にフランス映画を重点的に翻訳してきたことで、観客とは多少異なった立場から、そこに展開する多様な人生に接して来られたことを幸せに思っている。フランス映画はいつも、人生というものがその人だけのものであることを痛感させ、それを納得させるのだ。私が「人生の多様性」というのはそういう意味であり、つまり人生の肯定なのである。人には人の生き方がある。フランス映画は私の人生の針路でもあった。この道は生涯続くであろう。

（二〇一三）

［講演］字幕翻訳家、フランス映画を語る

只今は詳しいご紹介をいただき、恐縮しております。こちらに座っておりますと、私の存じ上げる方が何人もお出で下さっており、福井芳男先生もご出席です。先ほど個人的にお話いたしましたら、福井先生は三〇年ぐらい前にパリにお出でになった時、「地獄門」（一九五三）のフランス語への字幕翻訳をなさったと知り、これは偉い先輩が来てお出でだと足の竦む感じでおります。

実はＴＭＦ（日仏メディア交流協会）の研究会へのお話をいただいた時「講演なんて自信がありません」と申し上げましたが、「気楽にやって欲しい」ということなのでお受けいたしました。ここにはフランス映画の愛好者だけでなく、フランス語の達人も、フランスに長く生活した人も、フランスやフランス映画の研究者もいらっしゃるでしょう。その前で何を語ろうとするのか、私自身も首を傾げざるを得ません。しかし「discours（演説）とか conférence（講演）とかでなく、causerie（閑談）でよろしいでしょうか?」「結構です」というお話だったので、思い切ってやってみようと思った次第なのです。

予めご了解を得たいのですが、私も年で固有名詞が直ぐに出て来なくなっております。あの監督

だ、あの女優さと、家で女房と話している時にはそれなりに通じるのですが、ここでは通じる訳がございません。もうひとつは、うちへ帰って「あの話を落としてしまったな、惜しいことをした」と思ったりすることがあるので、今夜はメモを用意して参りました。ですが、メモに目を走らせながらだと順序立ててお話するのは難しい気もいたします。話があちらこちらへ飛ぶかも知れませんが、今日はフランス映画とその翻訳、とくに映画の字幕翻訳を中心にして、皆さまと楽しい話が出来ればいいな、と思っております。

第七の芸術

今年は一九九四年ですから、来年は映画が誕生して一〇〇年を迎えるわけです。確か一八九五年の十二月に初めて映画が誕生したと記録されています。この節目の時期にこうした機会を持てたことには、意味があるのではと思います。一〇〇年間の歴史というと長いような気もいたしますが、他の芸術、詩、文学、彫刻、絵画などの長い歴史に比べれば微々たるものです。にもかかわらず、映画は芸術として一般大衆の心をつかみ、そこに必ず学ぶものが見出せる、そして人を感動させる、というところまで来ました。「映画の機能」という言葉もありますが、やはり映画を作る作家の生命が第一に挙げられなければならないと思います。

イタリアの作家でジャーナリストだったリチョット・カヌード Ricciotto Canudo（一八七九―一九二三）が映画は「第七芸術」septième art だと名づけたといいます。七番目とはどうしてかと気にしていたんですが、確か詩と文学をひとつにして第一芸術、次に彫刻、絵画、音楽と続き、舞踏と建築は一緒にされ、演劇が六つ目、そして映画が来て第七番目ということになるのだそうです。この説明には、私などは少々わかりかねるところもありますが、いずれにせよ、前の六つの芸術に伍してやって来たのは大したことだと思います。

ひとつ申し上げれば、絵画は絵画を認識しませんし、彫刻は彫刻を認識しません。相互に認識出来ません。ところが映画芸術というのは彫刻を入れ、絵画を入れ、音楽を入れ、あらゆるものを入れ込んで、そこに別個の芸術を作り上げたという意味で、人間の眼の能力とほぼ同じだと思います。この地球にいて空を見上げれば、一万光年、一〇万光年の長い時間をかけてやって来た星の光をたちまち見ることが出来ますし、自分の人生も振り返って認識することが出来ます。絵画自体、彫刻自体はそういう認識が出来ないが、映画はそれらを取り入れて、絵画がどういうものか、彫刻はどういうものかを映画の立場から認識し、さらにそれを芸術に仕立てる能力を持った。これが映画の優れた特徴ではないでしょうか。誕生してわずか一〇〇年の歴史しかない芸術ですが、それこそ数千年の歴史もその中に収められるということが映画の特徴だと思います。

東和映画

私がどのように映画に係わって来たか、ごく簡単にお話したいと思います。皆さんと同じように、少年時代から映画にのめり込みました。特に私の場合、フランス映画でした。フランス映画専門といってよいほどで、早稲田予科の時代から余暇を盗んで映画館通いをしたのが最初の映画との係わり合いだと思います。卒業後さまざまなことがありまして、学んだフランス語を多少とも役立てる意味で、一時期外務省にもおりましたが、十年ほどで退職。それから亡くなられた川喜多さんの会社、現在の東宝東和、当時の東和映画株式会社に入社。制作をずっと担当しました。結局は二十何年も東和で働くことになりました。

これは余談ですが、フランス映画を語る上で川喜多長政さん、かしこ夫人、一人娘の和子さん、三人とも既に故人ですが、このご一家の名前を外すことは出来ないと思います。私自身、東和とフランス映画社の輸入作品をたくさん手掛けました。川喜多さんは大変な国際人であり、また非常に外国人を大切にしました。外国から俳優、監督が来ると非常に大切に迎えておりました。また大変決断力があり、第三者には「これはどうかな」と見える作品でも決断して買いつける。私自身が「これは当るまい、もっと会社の利益になるものを選んだらどうだろう」と疑問を覚えるようなものも、取り上げる。彼ほどフランス映画を愛し、彼ほど特徴のあるフランス映画を次々と輸入して、フランス映画、文化を愛好する人たちの支えになった人はいないと思います。

ヴェネチア映画祭、カンヌ映画祭などにお供しましたが、川喜多さんを取り巻く映画人たちのほとんどが崇敬の念を以って彼を見ていたといえます。太っ腹なところがあり、一時私は制作部長を務めながら、次々とフランス映画を翻訳する立場になったことがありますが、川喜多さんはそうした私の能力を買って下さって、社員だったのに「山崎、ちゃんと翻訳料を受け取りなさい」と言われる。他の部長にやっかみを言われたりしましたが、彼は一切気にせず私を翻訳者として処遇して下さった。このことは今でも忘れないでおります。

字幕翻訳家たち

私はそういう恵まれた環境にあって、東和のフランス映画のほとんどに係わっておりました。ただ翻訳という仕事では、私の前にひとり大先輩がいらっしゃった。十年以上先輩の秘田余四郎（一九〇八―六七）さんで、フランス映画の黄金時代ともいうべき一九三〇年から四〇年のマルセル・カルネ Marcel Carné、ジュリアン・デュヴィヴィエ Julien Duvivier、ジャック・フェーデ Jacques Feyder、ジャン・ルノワール Jean Renoir 等の名作の翻訳は、ほとんど秘田さんの手によるものです。彼の翻訳が如何に上手かったか、ここにいらっしゃる年配の方はおわかりになりましょうが、その秘田さんにいろいろなことを教わりましたし、彼が健康を害してからはピンチ・ヒッターとして彼を助け、自分の勉強のためだと思って彼の影になって翻訳をやっておりました。

本当に秘田さんは天才的だと思う時があります。彼とは非常に親しくしておりましたので、パリへ一度も行ったことのない彼をつかまえて「フランス映画の翻訳をして稼いでもおいでなんですから、一度くらいはパリへ行ったらいかがです？」と不躾けな言い方をしたことがあります。「俺は行きたくない、並木通り（銀座）のバーで飲んでるのがいちばん楽しい」という返事です。呑んだくれの生活が続き、とうとうガンで亡くなりました。

今でこそ映画をビデオで持ち帰り、自分の家で画面と翻訳の相互チェックを行うことが出来ますが、ビデオなどなかった当時は、小さな試写室にこもり、台本を広げ、翻訳開始前のチェックをします。私はよく秘田さんの横に座って試写を見ることがありました。と、いびきが聞こえるんですね。寝ていて大丈夫かと心配で仕方がない。訳を開始し、原稿が出来上がって、訳文と画面と合わせてみるチェックをするのですが、この時も彼は寝込んでしまう。が、出来上がりは不思議と映画にぴったり合っていました。寝ていてあれだけ出来る、本当に才能のある方だと思いました。

東和に勤めた後しばらく、映倫管理委員会という一種のセンサー（検閲機関）で働きました。公の官憲による検閲が行われるのを避けるために民間で作った、いわゆる自主規制機関で、外国映画担当の審査委員を六年間担当しました。私自身こういう仕事に就くことには抵抗がありましたが、そこでもフランス映画、外国映画を何人かと一緒になって随分見、審査しました。私は甘い方で「山崎さん、そこはカットするかボカシにすべきじゃないか」とよく言われましたが、「出来るだけ甘い方がいいんじゃないか」と言っておりました。

今から十年ほど前、映画字幕翻訳家協会が設立されました。英語映画の翻訳家、清水俊二（一九〇六—八八）さんがヘッドです。清水さんは東大の経済学部卒業後、アメリカへ渡り、何かの拍子に映画の翻訳をするようになった方で、秘田さんがフランス映画の第一人者だとすれば、清水さんは英語映画の第一人者といって差し支えない。この映画字幕翻訳家協会でも三、四年前のある期間、私が代表を務めました。翻訳料の値上げを図る時、ばらばらに交渉するのでなく、皆で相談し協会の名で各会社に要求するようにしよう、というのが主たる存在理由です。その他にも、テレビが映画を放映しますし、ビデオやレーザーディスクでも映画の視聴が行われるようになり、そうした分野で字幕翻訳権の二次使用という問題が起こって来ました。その問題にどう対応し、どのような取り決めを作るかも翻訳家協会に課された大きな仕事と思います。現在は英語映画翻訳家の戸田奈津子さんが代表となって活躍しておいでですが、会員は全部で十五人前後とこぢんまりしています。いい翻訳をするためにお互いに切磋琢磨する場所になるということもあります。ビデオ向けの翻訳の中には上質といえないものもあると聞くと、心が痛みます。他人さまのことはさて措き、切磋琢磨による技量の向上も協会の存在理由と私たちは考えております。

催眠力

映画の鑑賞はビデオの出現で随分変わって来ました。ジャン・コクトー Jean Cocteau（一八八九―一九六三）は映画論をたくさん書いておりますが、その中で「映画の特権とは多くの人が暗いところに集まり同じ夢を見られることだ」と言っております。暗いところ、同じ夢、というのが大事なポイントでしょう。ところが現在は、映画館に行かなくても、明るい部屋で寝そべってビールでも飲みながら、ビデオで映画を見るようになりました。もしコクトーが生きていたら何と言っただろうかと考えたりします。

コクトーの言いたかったのは、映画には一種の催眠力があるということです。映画がよければ催眠力はより高くなります。見る人が催眠術に強くかかるわけです。映画館の暗い中で映画を見ていると、雨の降る中での悲恋の話でもあったりすれば、劇場を出るとき外も雨が降っているような気がする。嵐の映画を見れば外は嵐のような気がするが、しかし実際は昼間ということがあったりする。コクトーが言っている通り、やはり映画の特徴、映画の特権は、映画を見終わった後にも続くこの催眠力だと思います。再度コクトーの哲学を借りますと、「ポエジー・シネマトグラフィーク」

という行為による催眠術の結果だといえます。ビデオではどうでしょう、効果は違って来ると思います。やはり暗いところで映画を見るのは大切でしょう。

さまざまなパリ

もっと平凡に話を進めましょう。パリの風景を見たいからフランス映画を見に行くという人もいると思います。逆にフランス映画を見て本当のパリを見たいと思ってフランスに旅行する人もあるでしょう。こういった不思議な mélange（混合）も、映画の魔術だと思います。中には風景だけでなく、そこの人に接したいと思う人もいるでしょうし、それがさらに深い人間関係につながっていくケースもあり得ましょう。

フランス映画はパリの風景なしに語れないと思います。フランス映画を見ていますと、年代ごとにさまざまなパリの風景に接することが出来る。これがまた、ひとつの魅力ある特徴ではないかと思います。映画には二〇世紀のパリもあれば、十九世紀のパリも出て来る。例えばゴダール Jean-Luc Godard 監督の「勝手にしやがれ」*À bout de souffle* を見ると、一九五九年に制作された作品ですが、映画の始めの方でジャン゠ポール・ベルモンド Jean-Paul Belmondo とジーン・セバーグ Jean Seberg が出会うシーンはシャンゼリゼ、セットでない本当のシャンゼリゼです。最後のシーンはモンパルナスに近いカンパーニュ・プルミエール通りで、逃げて行く主人公のベルモンドが警官に撃たれて倒れる。警官が倒れたベルモンドに近づくと、ベルモンドは《C'est vraiment dégueulasse》、最低だ、と言います。相手のジーン・セバーグが駆け寄って、警官に「なんて言ったの」と訊ねる。警官は《Il a dit: Vous êtes vraiment dégueulasse》、あんたは最低だと言ったんだ。パトリシアという名の役だったと思いますが、ジーン・セバーグはアメリカ人なのでフランス語がよくわからず《Qu'est-ce que c'est dégueulasse?》、デグラスって何のこと、と問い返すのです。このシーンなんか、人間も含めた当時のパリの景観をよく表わしていると思います。

今でこそ少しも珍しくない俗語ですが、dégueulasse という単語が字引に載ったのは最近で、一九一〇年くらいに出た Calmann-Levy の *Petit Dictionnaire Français* には載っていない。一九四二年頃の三省堂の『コンサイス仏和』には「反吐をはくこと」と出ていて、現在のフランス人たちの使う saleté（きたない奴）に近い意味は載っていません。こんなふうに単語の歴史を見て行くのも映画の楽しみだと思います。

現代のパリの街の風景が親しみ深く出て来るのは、アニュエス・ヴァルダ Agnès Varda 監督の「五時から七時までのクレオ」*Cléo de 5 à 7*（一九六一）です。女主人公が医者の診断の出るのを待つ二時間の間、自分がガンじゃないかと思いながらパリの街を歩き、モンソー公園からオプセルヴァトワールの道を行くシーンは、本当のパリの道、パリの地肌がよく出ていると思います。

時代は遡りますが「モンパルナスの灯」（一九五八）。これは原題を *Montparnasse 19* といいます。19とは一九一九年の略なのですが、当時はモンパルナス19番地の意味だと思っていた人もいたそうです。実は映画の主人公である画家のモジリアニの死んだ年なのです。この映画の中でカンパーニュ・プルミエール通りが描かれています。その通りはラスパーニュ大通りからエドガー・キネとは反対の方向、モンパルナス大通りの方に入ったところにあります。モジリアニは施療院で悲惨な死に方をするのですが、カンパーニュ・プルミエールに死ぬまで住んでいました。私の定宿がその近くでしたので、そこを何度か訪れました。とあるカフェに入り、店の主人にモジリアニの話をしても、何の関心も示さない。「どいつの話だ？」と、とりつく島もありません。おそらくこの辺だったのでは、と想像するだけです。しかし映画「モンパルナスの灯」を見れば、一九一九年あたりのパリが見えて来る。パリはフランス映画には非常に大きなつながりを持っています。

再現されたパリ

マルセル・カルネの映画「天井桟敷の人々」*Les enfants du Paradis* の完成は、第二次大戦末期の一九四五年でしたが、前世紀の一八二七年前後のパリがよく描かれています。舞台になっている場所の正式名称はブールヴァール・デュ・タンブルですが、当時「犯罪大通り」、ブールヴァール・デュ・クリムと呼ばれていたらしく、映画でも第一部の標題にこの呼び名があてられています。現在もブールヴァール・デュ・タンブルは残っており、レピュブリーク広場からバスティーユ広場に抜ける通りで、私も歩いたことがあります。しかし、オスマン男爵が推進したパリ都市計画によって全面的に作り変えられていて、昔の姿を偲ぶことは出来ません。しかし映画の中では前世紀の、一八二七年頃のパリの街を窺い知ることが出来ます。もちろんセットで再現し、撮影されたものです。南仏ニースのヴィクトリーヌ撮影所に作られました。当時はフランスがドイツ軍の占領下にあった時代で、連合軍がイタリーのジェノヴァに上陸するというニュースが入り、ヴィシー政府からパリへ引き揚げよという命令が出ました。そのため撮影の途中で、せっかく作ったヴィクトリーヌのセットを壊してパリへ持って行き、パテ撮影所に作り直したといいます。このセットを作ったのが、バルザック Leon Barsacq という有名な装置家です。かつて私が訳した『映画セットの技術と歴史』の著者であり、「天井桟敷の人々」はもちろんのこと、当時の大作映画のほとんどのセットをこの人が手掛けていました。一八二〇年代のプールヴァール・デュ・タンブルを十分思い偲ぶことができ、その意味で楽しい場面も多い。冒頭のカーニヴァルの場面は楽しい見ものです。

もう一本挙げましょう。エミール・ゾラの原作（一八七七）を映画化した「居酒屋」（一九五六）、原題は女主人公の名をそのままに「ジェルヴェーズ」*Gervaise* です。この映画には一八七七年のパリが非常によく描かれています。一八七七年頃のパリの洗濯場はなるほどこうだったか、と実感が湧きます。ルネ・クレマン監督、女優マリア・シェル Maria Schell が主役、フランソワ・ペリエ Francois Perier が共演しています。昨年（一九九三年）制作されたゾラの「ジェルミナール」*Germinal* も近く公開されるそうですね。日仏学院の新ホールのテープ・カットの際上映されたものので見る機会がありました。フランス北部の炭鉱町を舞台にした暗い二時間四〇分の映画ですが、飽きずに見ることが出来ます。

ところで「居酒屋」の最後のシーンで、シェルの演ずる女主人公の小さな娘のナナが出て来ます。ゾラは後に『女優ナナ』*Nana*（一八七九）を書いており、この小さなナナが将来女優になるのですが、「居酒屋」の中ですでに娼婦的な性格を表わしています。男の子に呼ばれると、アル中の母親をひとり酒場に残し、喜んで街へ出て行くシーンが忘れ難い。と同時に、その場面で映し出される十九世紀の街の風景も印象深いものです。

『居酒屋』*L'assommoir* という小説は大成功で、ゾラは非常にお金を儲けたものですから、パリの近くのメダンというところに別荘を買います。そこにゾラを慕うユイスマンス Joris-Karl Huysmans、モーパッサン Guy de Maupassant らの文学者が集まって来て「ル・グループ・ド・メダン」の名で知られる文学サークルができ、書いた小説を互いに見せ合い研鑽を積んだ、と文学史に記されております。このグループでモーパッサンは、これも映画化された『脂肪の塊』*Boule de suif*（一八八〇）という小説を書きました。映画の監督はデュヴィヴィエ、東和映画が輸入はしたが公開されなかった作品です。私は東和で見る機会がありましたが、非常に暗い映画でした。普仏戦争当時フランスを占領したプロシア兵に女性が体を売る話でして、デュヴィヴィエらしい非常にペシミスティックなタッチが強く出ていて、私は心が惹かれたのですが、どういう訳か公開されませんでした。映画を見ることで歴史的なパリの街を知ることが出来るのです。

いまひとつ思い出しました。ルネ・クレール監督の「リラの門」*Porte des Lilas*（一九五七）です。ポレピュブリック広場からフェート広場を通る地下鉄の終点がポルト・デ・リラ、リラの門です。ポルト・デ・リラとはどういうところだろうと思い、わざわざメトロに乗って行きました。行ってみると平凡なところでして、こんなところかと。この時はルネ・クレール映画と現実との落差に面白さを感じました。先ほどお話したバルザックの著書 *Décor du film*（『映画セットの技術と歴史』）の序文はルネ・クレールが書いております。その中でクレールが大変面白いことを言っています。「リラの門」のセットを作ったのもレオン・バルザックで、時代設定は二〇世紀に入ったばかり、一九〇〇年代初頭ですが、この映画も全部セット撮影です。ところが編集して行くと、どうしても場面が一箇所足りない。しかしセットは既に壊してしまっている。それじゃ現地へ行って撮ろうということになって、編集で新撮部分を入れようとしたところ、どうしても入らない。まったく合わないのだそうです。これじゃだめだと現実の場面は映画では使わなかったと、ルネ・クレールがバルザックの本の序文に書いております。セットというものの本質を見るような気がして、今でもよく覚えています。

天井桟敷の人々

ここでもう一度「天井桟敷の人々」の話に戻らせていただこうと思います。秘田余四郎さんが大変な名訳を附けられました。リバイバル上映の時も秘田さん訳が使われましたが、ビデオ化される時になると私に翻訳の依頼があり、大いに遅疑逡巡しました。誰が見ても名訳だから秘田訳を使いなさいと申しました。しかし、ビデオ化権を持つ会社は「そういう面倒なことはしたくない」と言う。秘田訳の版権を持っているところと何かトラブルがあるのではと感じました。「とにかく山崎さんやって下さい」と言われる。秘田訳を超えられる自信はなかったのですが、私の中にも自分なりに字幕をいじくってみたいという気持がふつふつと湧いて来て、「そうおっしゃるならやりましょう」と答えました。秘田さんを超えられたとは申せません。私とは何十年来の友人の山田宏一さんも「天井桟敷の人々」のシナリオを全訳して出版しておられますが、本の冒頭のところにも「名字幕者 スーパーマン 秘田余四郎の霊に捧ぐ」と記されている。山田さんも心迷ったところがあるように思います。

「天井桟敷の人々」制作時のエピソードをひとつご披露しましょう。監督はマルセル・カルネですが、名高い詩人のジャック・プレヴェール Jacques Prévert（一九〇〇―七七）と共同で脚本を書いております。この映画で主演したジャン＝ルイ・バロー Jean-Louis Barrault（一九一〇―九四）はデュベローという名のパントマイム役者の劇的な生涯に以前から関心を持ち、敬愛していました。そこでデュベローの話を映画化したいとプレヴェールに話し、プレヴェールが非常に乗り気になって、次にカルネに話し、カルネもやりたいという。これがスタートです。

当時フランスの優秀な監督は、ナチス・ドイツが占領し支配しているフランスを嫌ってみんな外国に逃げ出していました。ジャン・ルノワールはアメリカへ。後にインドを通って帰ってまいりますが、インドを通った時に「河」*Le Fleuve*（一九五一）という映画を作っています。それからジャック・フェーデはロンドンへ逃げていたし、ルネ・クレマンもアメリカへ行っていました。カルネだけが残っていて「悪魔が夜来る」*Les Visiteurs du soir*（一九四八）のような、ちょっ

一九六二年五月十九日　ルイ・マル監督と。

と屈折した、一種の対独レジスタンス映画を作っていました。こうした状況の下で、カルネは「天井桟敷の人々」の企画を引き受けたのだそうです。独軍占領下ですからいろいろと不都合がありました。例えばプロデューサーが決まり、資金も調達して制作を始めようとすると、そのプロデューサーがユダヤ系だとわかって急に企画がダメになりかける。何とか別のプロデューサーが見つかってほっとする、といったこともありました。

それから字幕の話をしますと、出だしに「古着屋ジェリコでござい」という人物が登場するシーンがあります。あの「ござい」なんてひと言も、見てしまえば何でもないのだけれど「古着屋ジェリコです」じゃ多分ダメでしょうね。ああいう微妙な細かい感覚というのは翻訳家として大切だと思いますが、その「古着屋でござい」を、最初ロベール・ル・ヴィギャン Robert Le Vigan という俳優がやることになっていました。ル・ヴィギャンは年配の方は多分ご存知と思いますが、デュヴィヴィエが作った「ゴルゴダの丘」*Golgotha*（一九三五）という、キリストがゴルゴダの丘で磔になる映画で、私も少年時代に感動して見た記憶がございますが、そのキリスト役をやった役者です。そのルヴィギャンがやる予定で撮っていたら、彼が対独協力をしていたことが露見してどうにも使えなくなり、急遽ルノワール監督の弟に代えた、というエピソードがあります。

制作には苦労しましたが、公開された「天井桟敷の人々」は大成功を収めました。日本でも一九五二年に紹介されて以来、長い生命を保っています。カルネが最後までフランスに残ったのは、占領下でもこういう芸術作品が出来ることを示したかったのでしょう。カルネのレアリスムとプレヴェールのロマンティシスム――プレヴェールは *Paroles*（一九四五）という有名な詩集を出していますし、映画のシナリオも書いていて非常にいいものを数多く遺しています――が合体して素晴らしい作品に仕上っています。シャザルという映画評論家が「成功した建築物」と表現していますが、まさしく大長篇、大きな河の流れのようで、construction réussie であることをしみじみと感じさせます。映画全体から流れ出て来る気品、見事な均整感、洗練された感覚、これらがまさに渾然とひとつになっていると感じます。死と現実、表情と沈黙、言葉と身振り、演技と現実、これらの婚姻、幸福な結婚の中から生まれた芸術作品だと思います。

映画の翻訳

皆さまの中には翻訳をなさった方も、翻訳という仕事に関心をお持ちの方もおいででしょうから、映画翻訳のお話をいたしましょう。十何年も前になりましょうか、岩波書店から「翻訳」と題した「文学」の特集号が出ました。著名な方々が四四名、それぞれ意見を述べておいでです。中野好夫氏、大岡信氏、河盛好蔵氏、加藤周一氏、中村真一郎氏、壽岳文章さん、富岡多恵子さん、田辺貞之助さんと、本当に著名な方々が翻訳論を闘わせています。それほど翻訳というのは問題のある分野なのです。私は「映画の翻訳とは何か」を書いてくれないかと頼まれ、書き手の顔ぶれを知っていささか怯みましたが「ぜひ映画翻訳の実践者の立場から書いてくれ」というので、何頁か書かせていただきました。*

＊「映画の翻訳とは？」「文学」一九八〇年十一月。本書に収録。九―三三頁。

中野好夫氏と大岡信氏の対談を読むと、翻訳というものをかなり自由に考えておられると思いました。中野氏は『ベニスの商人』を訳して行く時、裁判所でのシャイロックとポーシャのやりとりの中に、自分で勝手に創作した言葉を入れられたそうです。原文にないということがとうとうある人に見つかり「原文にありません」と追及されたそうですが、「調子がいいから、あのまま出ちゃったんだ」と告白していらっしゃいます。中野氏くらい偉くなればこれでも通用するでしょうが、我々がそれをやると、叩かれるのを覚悟しなくてはなりますまい。

このように翻訳とは、非常に広範囲に及ぶし幅広く捉えられもするものではないかと思います。映画の翻訳については、実は早川書房から『映画字幕は翻訳ではない』（一九九二）という本が出ています。これは、いま活躍している戸田奈津子さんの先生で英語映画の字幕翻訳で第一人者だった故清水俊二さんが書かれたものを、多少省略して一冊にした本です。「映画字幕は翻訳ではない」という標題は人をギョッとさせますが、「映画翻訳は翻訳ではない」とするととんでもない誤りになります。そうではなく「映画字幕は翻訳ではない」と言っているのがミソではないかと思います。映画翻訳はれっきとした翻訳ですが、字幕が映画台本の翻訳そのままではないということを言おうとしているのです。

事実、字幕を考える時は翻訳だけを考える訳には行かない場合がたくさんあると思います。翻訳ではない、というのはパラドクサルな表現だと思いますが、言いたいことはよくわかります。名刺には映画翻訳家と明記し、自分では翻訳家と心得ておりますものの、翻訳ではカバー出来ない場面に出くわすことは度々あり、フランス語の奥深さがわかればわかるほど、字幕をやっていて怖くなることがございます。こんなに変えちゃっていいのかな、と我ながら心配になることがある訳ですが、ごく限られた字数にはめ込まなければならないために、やむを得ないことが多い。

翻訳の困難

かのポール・ヴァレリー Paul Valéry（一八七一―一九四五）は「自分の書いた文章が自分の知らない国の言語に訳されると思うと夜中に夢でうなされる」と言ったといいます。あれほど言葉を厳格に扱った文人なら、どのように訳されているかと考えて、うなされるのも尤もなことと思います。翻訳というものには本来このように恐ろしい側面が含まれていることを、ヴァレリーは独自の鋭さで表現したのではないでしょうか。かと思うとゲーテ Johann Wolfgang von Goethe（一七四九―一八三二）は「翻訳は絨毯みたいなものだ」と評しています。「絨毯の裏みたいなものだけど絨毯であることには変わりはない」という言い方をしたそうですが、これなども翻訳の考え方としては面白いと思います。私は大学の一年生から二年生の時にラテン語をやったものの、とうとう投げ出してしまったのでよく知りませんが、「トラデュクトーレ、トラディットーレ」、つまり翻訳は裏切りだという有名な表現があると聞きました。

では、映画の翻訳は裏切りなのかというと、必ずしもそうではありません。翻訳というのは何かを伝達しなければならないが、映画の翻訳もその点では同じです。しかし映画の翻訳には、そこに動作があり、そこに場面があり表情があり現物がある。そういうものが全部構成されているが故に、普通の文学の翻訳とはまったく違った作り方の可能性があると言いたいのです。モノは口でなら何々と言っただけではわからないこともあるが、映画では画面があって助けてくれるから幾らでもわかる訳で、そこが違います。いずれにしても何かを伝えるということは翻訳一般の大きな任務であり、その点に変わりはありません。

ちょっと思い出しましたが、日本で初めてフランス映画に字幕を附けられたのは昭和九年、デュヴィヴィエの作った「にんじん」*Poil de carotte*（一九三二）だと聞いています。それより先、アメリカ映画には昭和五年にジョゼフ・フォン・スタンバーグ Josef von Sternberg の「モロッコ」*Morocco*（一九三〇）に字幕が最初に附きました。ところで「にんじん」を輸入した会社が、かの有名な岸田国士先生に翻訳をお願いしました。岸田さんも非常にジュール・ルナールの原作を愛しておられましたので、先生自身が字幕を作ったと聞きます。どのような出来栄えだったかは私は見ていないのでわかりませんが、何故このような例を挙げるかといいますと、一九五〇年にジャン・コクトーが作った「オルフェ」*Orphée* という映画を買った新外映という会社が、これは文芸大作だからと、字幕翻訳家に任せるより文学の専門家に頼む方がいいのではないかということで、当時、中島健蔵先生に頼まれたそうです。むろんコマごとの字数を指定し、当時は最大二六文字くらい押し込んでいたと思いますが、それで字幕翻訳をなさったそうです。そのひとつひとつは立派な翻訳でしたが、映画会社の人が見てまったくちんぷんかんぷんで、前後がつながらないために使えなかったそうです。結局、先ほどお話した秘田余四郎さんに「やってくれよ」となった訳で、秘田さんの翻訳で今でも再上映されることがありますから、しっかりした立派な翻訳です。このあたりが字幕翻訳の非常な特徴ではないかと思います。

字幕翻訳の制約

字幕翻訳のどんな点が普通の翻訳と違うかを即物的、具体的に考えてみます。外的な違いと内的な違いがあると思うのです。外的な違いとは、文学の翻訳でしたら愛読している作家がいてこれを訳したいとなると、何処かの出版社に持ち込む。例えば早川書房にでも講談社にでも持ち込めばいい訳です。訳したんだが見てくれないか、と。見た結果、これは今の時代には受けませんから無理です、なんてこともありますが、とにかく持ち込みが可能です。しかし映画翻訳は自分で訳を附けて持って行く訳にいかない。大体が映画を自分で見られないのです。配給会社から頼まれなければならないという悲しい制約条件があります。

その上、頼まれる側として選択が利かないといえます。文学の翻訳あたりですと「これはぼくの専門じゃない、ぼくの研究外だよ」と断ることも出来るし、場違いな作品を持ち込むような本屋もない訳です。ところが映画翻訳は外的に持ち込みが利かないと同時に、訳す側の選択も利かない。頼まれればどんなものでもやらなければならない側面がつきまとう。それが喜劇であろうと悲劇であろうと、引き受けなければならないということです。それにしても難しいのがありますね。「トロン」*Tron*（一九八二）という映画がありました。当時コンピューター映画の走りだったと思いますが、本来は専門家でなければ出来ない、そういう難しい作品があります。これは偶々金田文夫さんという方がやっていました。彼は理学を勉強していて、むしろお手のものだったそうです。原則としてどんなものでも引き受けなければならない、ということが、いま一つ外的な、文学の翻訳と映画の翻訳との違いだと思います。

内的には、やはり技術的な制約の存在がある。ところが映画の方は字数制限の原則があるため、非常に苦しむ訳です。ちなみに私が自分で調べたことがあるのですが、一本の映画で七〇〇ぐらいのセリフがあるとしましょうか。しかし、それらのセリフを完全に訳しているのは、そのうちの半分とないでしょう。二〇〇ぐらいではないかと思います。残りの五〇〇ぐらいは分量が少なくなっているか、長いセリフの一部が省略され、完全な翻訳ではありません。にも係わらず皆さんの鑑賞に値する、というのが字幕翻訳のミソだと思います。

したがって字幕の翻訳者は自由性をあまり持ちません。例えばこれが演劇の翻訳でしたら、翻訳によってある程度人物を創造することが不可能ではない。自分はこう翻訳して人物をこう描きたい、ということがあり得る訳です。翻訳の段階では、芝居自体はまだ存在していないのですから。また翻訳によるだけでなく、演出家によっても人物がかなり変わって来ます。「ハムレット」でも「桜の園」でもそうです。文学や演劇の翻訳というのはある程度翻訳家に創造性がありますが、映画の翻訳というのは既に人物が出来上がっている訳ですから、それから外れた雰囲気を与える訳に行きません。ですから文学や演劇に比べ、我々にとって翻訳の自由性、創造性というものは存在しないといえると思います。

以上の二つが普通の翻訳との大きな相違ではないかと思います。が、もう少し細かく立ち入って見ましょう。この講演会にお出での方々の中にも、語学がお出来になり、将来映画の翻訳をやってみたいと思っていらっしゃる方がおられるでしょうから。しかし申し上げておきますと、非常に日数の制限が厳しい。これを一週間でやってくれと言われたり、極端な場合、五日でやって欲しいというのもあります。二週間ぐらいが常識ですが、セリフが一〇〇〇ある場合もありますし、二〇〇〇ある場合もある。一〇〇〇あっても二〇〇〇あっても二週間でやらなければならないので、大変苦労します。このように日数の制約を受けることが映画翻訳家の宿命でしょう。私自身長い間、映画制作に携わる会社におりましたのでわかるのですが、映画が輸入されると、映画配給会社や興行会社、具体的には東宝や松竹といった会社に見せて、公開は何月何日と、何よりも先ず劇場を押えなければならない。そこで早く字幕を作る必要があるのです。一日遅れると他の会社の映画が入ってしまうというので必死になり、すると翻訳者は尻を叩かれてやる、という悲劇になります。それを秘田さんにしても清水さんにしても、天才的といいたいくらいの才能でこなして行った。この時間的制約も、技術的な制約の中に入るでしょう。

苦しみと愉しみ

外国の風習を日本に移し伝えようとする場合、実に困難なケースが多々あります。日本にない風習をどう表現するかという点ですが、例えば学校制度の違いにぶつかります。Lycée, collège といった中等教育の課程が知られていますが、日本は一学年から始まって二年、三年と続く訳ですが、フランスですと、初等教育の最初は十一年級から始まる。Onzième（第十一年級）、dixième（第十年級）と上って行って、collège になると sixième（第六年級）や cinquième（第五年級）となります。日本と逆さまな訳ですから、映画の中で「彼は第三年級である。一年経って第二年級になった」とあれば、落第したんだと早とちりさせないよう、何食わぬ顔で「一年生から二年生になった」とします。この種の風習の違いを考慮しなければならないので、勉強して取り組まなければならない仕事です。

さらには警察機構などの違いの問題があります。所謂パリの警視庁にあたる機構と、Police judiciaire、司法警察という機構がある。この二つは同じ内務省に属しながら対抗的な関係にあって、互いに手柄を競う。日本でも管轄地域が違う署や県警の間で功名を争う例はあるようですが、フランスにも複雑な機構上の違いがいろいろあり、その辺のことを実際に扱ったフランス映画に、アラン・ドロンが出演した「フリック・ストーリー」*Flic Story*（一九七五）があります。Police judiciaire とパリ警視庁との争いが描かれています。フランス人が見て非常に面白いようですが、それを日本人にわからせるのに字幕では、限界があるのではないかと思います。

それから歴史上の人物の説明などは、字数に制限があるために非常に難しくなります。普通の翻訳なら註釈を附けることが出来るのに、字幕には註釈は施せませんから。十年ぐらい前になりますか、ヘラルド映画から頼まれてアンジェイ・ワイダ Andrzej Wajda 監督の「ダントン」*Danton*（一九八三）の翻訳をいたしました。ワイダはポーランドの有名な監督ですが、この映画はフランスの資本で、フランス語で作られたのです。映画の中にダントンのことを説明するために「八月十日の男だ」というセリフが出て来ます。八月十日というのはフランス革命の最中、ダントンが国王ルイ十六世を幽閉した日です。ですから「八月十日の男」というのは革命家ダントンを指しています。歴史に詳しい方でしたらこのひと言で「あ、ダントンだな」とわかりますが、一般の観客には無理というものです。私も改めてフランス革命史を繙いたりしました。この種の泥縄式勉強に励む苦労もしばしばあります。

長い人名、長い地名

昨年（一九九三年）開かれた第一回横浜フランス映画祭では、ロジェ・プランション Roger Planchon の「少年王ルイ」*Louis, enfant roi*（一九九三）という映画が公開されました。セリフが二八〇〇もある大変長い作品です。難しい言葉がたくさん出て来ますし、歴史的事件であるフロンドの乱を扱っています。この映画の中で Parlement と出てくる。辞書を引くと「高等法院」と歴史的用例が出て来ます。こうしたことはきちんと訳さないといけないんじゃないかという気がするのですが、実際にはなかなか意を尽くせません。

現在私が手掛けている仕事も非常に難物です。フランス古典劇の大家コルネイユ Pierre Corneille（一六〇六―八四）の、日本で翻訳が出ていない作品なのです。私もラシーヌ、モリエール、コルネイユは多少はかじりましたし、『ル・シッド』とか『オラース』とか読んだことがありますが、この映画の原作はまったく知らない。知らない人物が登場するだけでなく、その名前がまたひどく長いのです。名前が長いのは非常に困ります。それだけで八字ぐらい取っちゃう訳ですから、後どうするんだということになる。人名もそうですが、長い地名も困りものです。例えば「おまえのうちどこだ」「俺のうちサンジェルマン・デュ・プレだ」。これじゃ入らなくなる訳です。ではどうするかというと、フランス映画を見る人はわかると思うので「俺のうち左岸だよ」として逃げてしまう。アイデアといいますかね、このような着想が字幕翻訳家には必要ではないかと思います。

日本にも何本か作品が来ているタシェラ Jean-Charles Tacchella という監督が作った「さよならの微笑み」*Cousin, cousine*（一九七五）という映画があります。これにはジャン＝ルイ・バローの娘が好演していましたが、不倫の映画です。大変きれいな不倫で、作品としては悪くなかったと思います。その中で二人がトゥールあたりにバスで遊びに行く。途中、車内で話をしていて「私の趣味は歌うことよ」と人妻が言う。と、男の方が「どういう歌？」と聞きます。女は「モーツァルトからガーシュインまでよ」と答えるのですが、これを八字で入れなければならない。どうやるかというと、逃げの一手で「古典から現代までよ」とやってしまう。皆さん抵抗なく見ていらっしゃるので、いいんじゃないかなと思っておりますが。

とにかく地名、人名の長いのはひと苦労です。昔はサンフランシスコを「桑港」としました。ニュー・ヨークは最近「NY」と書きますし、昔はロサンジェルスを「羅府」と書きましたが、今はロスで済ませます。シェイクスピアは「沙翁」と書けました。トルストイは「杜翁」でしたが、今ではこうした短縮法も難しくなり、字幕翻訳者の頭を悩ませています。

天使のお通りだ

愛称の扱いも困りますね。日本人は奥さんや恋人を呼ぶ時は名前で、せいぜい「何々ちゃん」としか言いません。フランス映画では mon ange（私の天使）、mon bijou（私の宝石）、mon trésor（私の宝物)、などと言うシーンがあります。しかし日本語に直してmon chouを「私のキャベツ」とやっては全然おかしいですから、後に続くセリフがある場合には抜かしちゃったりする。また後に続くセリフの中でニュアンスに気を配りまして「何々して頂戴ね」といった言い回しを使う訳です。しかしmon angeと言ったのに、その後しばらくセリフなしの空白の間が空いたりすると、日本人の観客はうるさいものです、「あれ、なぜ抜けてんだろう」という風に。新劇の翻訳劇などでは「バタ臭い」といわれながらも「私の天使」とやらないこともありませんが、やはり抵抗がありますから、その訳を字幕にしないとします。その場合、セリフの空白が一秒以内のものでしたら、次のセリフとつなげてしまっても観客はあまり不自然には感じません。ところが一秒以上の間が空くと「抜けた」との印象が強くなるようです。抜けると日本人はうるさくなる。私なんかも東宝東和でたくさん翻訳を手掛けましたが、部長やお偉いさんから「山崎さん、あそこ抜けてるよ」と来る。「あれでいいんです」と主張しても「いやよくない、入れてくれ」と言われることがしばしばでした。

Merde! なんて罵声も「くそっ」なんて入れるのは気が進まないし、弱りました。フランス人は逆に、画面に字がたくさん出るのを嫌がります。さっき福井芳男先生との話の中でも出たのですが、日本映画を仏訳した時、「鶴」をきちんとgrueと訳すとフランス人は嫌がります。Putain(娼婦)と同じような意味もあるからです。私自身、何本か日本映画を仏訳したことがあり、今村昌平の「楢山節考」もそうです。むろん私が長年コンビでやっているフランス人に校閲してもらいました。「楢山節考」にはこの種の罵り言葉はありませんが、今村監督の作った別の変わった映画、「女衒《ぜげん》」

を訳した時などは「くそ、くそ」なんて言葉がたくさん出て来て《Merde! Merde!》と忠実に訳していました。ところがフランス人から「これは外しましょう。しゃべっているのを聞くのはまだいいが、字になると感じが悪い」と言われ、ぼくの感覚が麻痺していたんだな、と恥ずかしい思いをいたしました。

Mon frére, ma soeur なども、日本人は「兄」か「弟」か、「姉」か「妹」か、大変気にいたします。フランス人は mon frére は要するに「兄弟」と理解して、それ以上気にしないようです。ところが日本語での呼び掛けの場合、兄貴でしたら「兄さん」で済みますが、弟に「弟よ」なんていいませんから、ここでも苦労します。名前があれば名前に置き換えますが、わからない場合は困りまして、台本を初めから終わりまで読み返して、兄貴か弟か必死になって検討します。それでも区別のつかない映画は幾らでもあります。

「木靴の樹」*L'Albero degli zoccoli*（一九七八）というエルマンノ・オルミ Ermanno Olmi の映画はとても素晴らしい作品ですが、主人公がお姉さんか妹かわかりませんでした。仏文とイタリア語の両方のシナリオが届きましたが、何処にも書いてありません。結局、日本に長くいるイタリアの女性に会いまして、その人に一緒に見てもらいました。が、彼女にもちょっとわからない。しかし舞台が二〇世紀の初め頃であり、修道院に入るのは普通お姉さんの方なので、多分姉でしょう、という返事をもらいました。非常に困ったのを覚えています。

また《un ange passe》という状況も困りものです。皆さんもご存知の通り、皆が急に黙り込んでしまった時の気まずい沈黙を破るため、誰かが口にする決まり文句なのですが、『クラウン』と

『ロワイヤル』の仏和辞書にもちゃんと出ていて「天使のお通りだ」と訳されています。でも、皆が黙っているシーンで発せられた言葉を「天使のお通りだ」なんて出したら、見る人はどう思うかな、通用するかな、と考え込んでしまいます。ですから映画の内容にもよりますが、私は「あ、蚊が飛んでいる」としました。誰も変だと言って来ませんでしたが、これなど誤魔化しもいいところではないかと思います。

似たようなのはくしゃみのシーンです。人がくしゃみをした時、フランス人は《A vos souhaits!》と決まり文句を言いますが、字幕にしないでおくと必ず「抜けてるぞ」となり、「あんなの習慣だからいいんですよ」と言っても、上役が「いやいや日本人は変に思うから、それじゃ困る」と言います。辞書にも出ていて「希望が叶うように」なんて訳されていますが、そのままでは使えないので、状況を見て「風邪か」なんて字幕でつなげる場合があります。ここらはある意味で、字幕翻訳の腕の見せどころでしょう。

まだまだ、私の手掛けたプルーストの「スワンの恋」*Un Amour de Swan*（一九八三）など、お話したいことがたくさんあったのですが、これをお話すると長くなりますので、多少中途半端になりましたが、ここらで終わりにさせていただきたいと思います。ありがとうございました。

（一九九四年四月十二日、東京日仏会館）

プルースト余談——映画「スワンの恋」を翻訳して

身辺の事柄から書き出して心苦しいが、それはそれなりに多少のわけがあることが分って頂けると思う。山内義雄先生は昭和四十八年十二月十七日に永眠なされた。

それから七ヵ月後に、私は雑誌「帖面」の編集部から、山内先生の追悼号に一文を寄せてほしいとの依頼を受けた。そのおり、私の手もとに永く大切に保存してあった、先生から恐らく初めて頂戴した葉書の文面を掲げさせて頂いた。ここでも、その葉書を抜いては筆がすすめられない。葉書の日付は昭和十四年九月二十三日。当時、フランス書籍の輸入販売で名の通った「三才社」の書籍到着御通知なる白い私製葉書に、マルセル・プルーストの『失われた時を求めて』の各巻の題名がタイプされて、各巻別の値段と、その合計額四十四円二十五銭が記されてあり、その余白に先生ご自身の手で数行が書きそえられている。「プルーストが届きました。三才社にあります。あなたの名前をいってありますから、お序でのとき行って御覧なさい。僕は秋に入ってすっかり疲れ、しきりに山を想っています」と。

そのころ、私は早大仏文科に在籍していて、字義どおりの一介のプルースティアン（気どり？）

だった。私のプルーストへの興味はそれに先立つ一、二年前から、堀辰雄の著作（「狐の手袋」）を通じてであった。その堀さんには、それから間もなく、浅間山麓の町でお目にかかる機会に恵まれ、加藤周一、中村真一郎、すでに故人となった福永武彦の諸兄と一緒になって、夏ごとに何度かお会いするうちに、私はますますプルーストに傾斜して行った。まだ仏語の力もあまりなかった私が最初に『失われた時を求めて』を読んだのは、言わずもがな、五来達の訳によってであった。当時、翻訳も確か『ゲルマントの方』までだったように憶えている。早大の卒論のテーマに、プルースト研究を選ぶことを心に決めていた私は、その先を読まなくてはならないので、前記のように、山内先生にお願いして、フランスから原書を取り寄せて頂いたというわけなのである。卒論の一部と言おうか、その延長と言おうか、「早稲田文学」に小論「プルウストと現実物語」を発表したのは昭和十五年十月、思えば半世紀になんなんとする昔のことである。*

　私はここに私のプルーストへの愛着の軌跡を辿る気は毛頭ないし、またこの文章の目的でもない。なぜなら、その後、私はプルーストという恋人と表向きには訣れを告げて、映画という別の愛人との日々を送ってきたからである。それでも、純粋持続のようなかたちで、あるいは心の間歇のように、その後も私のなかに存在しつづけていたことは間違いない。それはちょうど、『見出された時』NRF五十六版（一九三八年二月一〇日印刷）五十七ページの「私はジルベルトのため、ゲルマント夫人のため、アルベルチーヌのため、つぎつぎとずいぶん苦しんできた。そして、おなじようにつ

＊「プルウストと現実物語」「早稲田文学」一九四〇年四月。本書に収録。一〇五―一一七頁。

ぎつぎと彼女らを忘れ去っていたのだが、ただ私の恋、さまざまな女性に捧げた私の恋だけが永くつづいたのだった」のようなものではないだろうか。

山内先生には映画を恋人にしておられたらしい傾向があった。もう一通、山内先生のお便りの一部を紹介したい。昭和三十九年七月十三日付けで、前の葉書とのあいだに二十五年の歳月が流れている。これは私が電話か書面かで、「去年マリエンバートで」を上映している映画館を先生にお教えしたことへのお返事である。

「きのうと今日の午後は来客で出られず、そこで夜に入ってから蒲田へ出かけ、八時五十分からの最後上映を見てきました。昨日大兄からお送りいただいたアート・シアターのセネリオはまだよむひまがありませんでしたが、ところどころわからない箇所があったにしてもロブグリエとレネの意図が僕なりによくわかってじつにたのしい思いをしました。そして、かつて何かの映画雑誌にプルーストの『失われた時を求めて』を映画にしたらと書いたことを思い出しました（下略）」。

先生がレネの「マリエンバート」をご覧になって、プルーストのことを思い出されていることがじつに興味深い。こんど、「スワンの恋」が西ドイツのフォルカー・シュレンドルフ監督の手でついに映画になり、日本でも公開されることになったのを機会に、プルーストと映画ということがにぎにぎしく話題になっているのは周知のとおりである。

今年（一九八五年）の二月に出た「アヴァン・セーヌ」（三二一・三二二号）に、この映画のプロデューサー、ニコール・ステファーヌと同誌の記者との対談が出ている。それによると、ステファーヌが『失われた時を求めて』の映画化に乗り出したのは二十一年前、つまり昭和三十八年ということになる。さきほどの先生のお便りは昭和三十九年であるが、それより以前に映画雑誌に先生は『失われた時を求めて』の映画化のことを書いておられるのだから、ステファーヌと同じ時期と考えて間違いないだろう。しかも、先生がレネの「マリエンバート」をご覧になって、ふとそのことを思い出されているだけに、なおさら興味が湧く。なぜなら、前述の対談を読むと、彼女は監督として、ヴィスコンティとロージーに白羽の矢を立てた前後に、そのほかに、もっとも適切な監督としてフランソワ・トリュフォーとアラン・レネとルイ・マルの三人を挙げているからである。先生も「マリエンバート」のなかに、映画の提示する時間のふしぎな流れと、レネによる計算しつくされた映像処理を見て、そこにプルースト文学への映画による接近の可能性を感じられていたのかも知れない。

それはともかく、この三人の力倆あるフランスの監督が揃って、この可能性にあえて挑むことをしなかったのは、当のステファーヌによると、「彼らフランスの監督はプルーストを裏切ることになるのを恐れていた」と言っている。そして、イタリアのヴィスコンティが早くからこの映画化に積極的な意欲を見せ、彼の長い間の協力者であったスーゾ・チェッキ・ダミーコと共同で、シナリオを書いていたことと、西ドイツのシュレンドルフが新しいシナリオで映画化したことは、皮肉ではなしにステファーヌの言葉を裏書きしているようで面白い。

私なども、こんど映画になった「スワンの恋」を見るずっと以前から、時間と空間の描写に独自なメカニズムを持つ映画手法こそがプルーストの世界を表現できるのではないかと考え、自分なりにさまざまな想像をめぐらせて愉しんでいた。

映画はどんなシーンから始まるだろうか。たとえば、父とともに汽車でコンブレに向かう話者が車窓から眺めるサン・チレール鐘塔の刻々の展開ぶりとか、「かりに、あの鐘楼がピアノを弾くとすると、きっと潤いのある弾き方をしますよ」と言う祖母の言葉とピアノ曲との交互の音楽的挨拶とか、「あの誇らかな正午の時鐘が降ってくる」庭先の私たちがかこんでいる食卓へのカメラの移動とかはどうだろう。あるいは、ゲルマントの方への散歩のおり、さまざまな変化を見せるマルタンヴィルの鐘塔とヴィユヴィック鐘塔から始めたら、映画ではどんな描写になるだろうかと思ったりした。

シュレンドルフの「スワンの恋」はスワン（しかし、この人物は『失われた時を求めて』の話者と考えられる）がベッドの上で上半身を起こし、物を書いているシーンから始まる。ここを映画字幕で追って行くと、《大気は熱く冷やかで／影と思いに満ちる／オデットへの愛は肉体的欲望の彼方へと拡がる／愛は私の行為に　私の思念に／私の眠りに深く入りまじり／私の人生は／この愛なくては存在しない》で、そこから、すぐフラッシュ・バックで、白い手袋をはめたスワンの手がオデットの胸元を飾るカトレヤにふれるシーンとなる。

一方、多くの映画ファンから期待されながら、ついに幻の映画になったヴィスコンティのシナリオがこの機会に、畏友大條成昭君の訳で出版されることになったが、映画「スワンの恋」の字幕翻訳者ならずとも、大いに関心をそそられる。私は運よく、そのゲラを読ませてもらうことができた。こちらは汽車がバルベックに向かって、田園のなかを進んで行く光景から展開しているが、この汽車は、ロング・ショットで撮られていて、乗っている若者（マルセル）の視点から見た風物は出ないらしい。これが少しさびしい。

完成した「スワンの恋」とヴィスコンティのシナリオとを対照して見て、両社に共通しているシーンをここに順不同に書き出してみよう。

（1）シャルリュス男爵がヴィクトル・ユーゴの詩『諸世紀伝説』の一節を口ずさむ（ただし、このときの話相手は、ヴィスコンティではマルセル、シュレンドルフではユダヤ人の若者になっている）。

（2）娼家をおとずれたシャルリュス（シュレンドルフの映画ではスワン）がノエミ嬢を指名する。

（3）ゲルマント公爵邸へスワンが貨幣の写真を持参して訪ねてくる。

（4）おなじく、オリアーヌが赤ずくめの服装に黒い靴をはいた姿をあらわし、夫のゲルマント公にたしなめられる。

さて、シュレンドルフは映画の最後を「土地の名・名」の終り近く、道行く通行人がスワン夫人になったオデットを見かけ、「僕は思い出すよ、彼女とマク・マオン辞任の日に寝たのを。五〇〇フランもとられたよ」というシーンで、かなり冷たく突き放してしめくくっているのに反して、ヴィスコンティのシナリオでは『失われた時を求めて』の開巻第一ページ「長い間、私は早くから床についていた。ろうそくを消すと、すぐ目がふさがって『これから眠るんだな』と自分に言うひまもないことがときどきあった」という幼年時代のマルセルの回想で、かなり感傷に浸って幕をとじているようだ。

いずれにせよ、片やついに幻の映画に終ったのであれば、シュレンドルフの映画とのあいだに優劣をきめるすべはない。プルースト文学を愛するあまり、無理にきめようとすると、それこそ「犬のお尻に惚れこむ奴は、バラの花だと思いこむ」式になりかねない。厳然として世にあるのはシュレンドルフの映画「スワンの恋」一本だけなのである。その映画に字幕をつけた自称プルースティアンの私は、もって瞑すべきではあるまいか。

（『失われた時を求めて』からの引用は一部を筑摩書房版によった）

（一九八五）

間奏／一九四〇年のプルースト

1939年夏
加藤周一厳父の山荘で。

二十代前半、信濃追分で。

プルウストと現実物語《ロマン・レアリスト》

なでしこが花見る毎にをとめらがゑまひのにほひ思ほゆるかも　——大伴家持

マルセル・プルウストの厖大な長篇小説「失はれし時を索めて」の第一巻を初めて開き、其処に花園にも似て馥郁たる香りを放ちながら展開する、一種異様な魅惑を溢へた物語に烈しく心惹かれて最終の巻まで読み通す者は極めて少いやうに見受けられる。これは殆ど確なことである。最初の頁から始まる奇妙な文体、敢へて忠実な読者ならずとも誰もが彼を我儘と感ぜざるを得ない程の個人的記憶の喚起に伴ふ、時間と空間を殆ど無視した描写、これらに対して多くのものは、恐らくは何か説明し難い魅力をそれと知らず感じてはゐるのであらうが、遂ひには耐へ切れなくなり、第一巻の半ばか、精々第一巻を読み終へて投げ出すに至る。そこで、人々はこう云ふのだ、「プルウストは難解で、晦渋な作家である」と。或はまた「徹底したエゴイスト、プルウスト」と。これらプルウストに投げかけられた彼らの言は必しも当つてゐないと云ふことはない。しかしながら、彼らが夥しい努力と忍耐とを以つて読み上げた、この第一巻（正確に云へば第一巻第一冊）たるや、「この第一冊だけでは（私はそれを下らないとは考へてはゐませんので、つまらぬものとは云へませんが、しかし結局は）もし私がこの仕事に再びとりかゝつた時、その全巻が与へる意味からは大したものではないのです」（N・R・F一九二五年五月号リユシアン・ドオデへの手紙、六五七頁）であり且、又「これら小さな事件が現はれかけてゐる時でも、それは音楽の数小節のやうなもので、それだけを後に置かれてゐる全面には気づかずに、序曲のコンサアドで切り離して聴いた時に、その数小節がライト・モチイフであることを人は知らないのです」（N・R・F一九二五年五月号リユシアン・ドオデへの手紙、六六五頁）と云ふ結末に読者を追込むものなのである。さう云ふ訳で、この第一冊が実に「失はれし時を索めて」のライト・モチイフにすぎぬこと、云はゞ音楽に於いて、それが第一楽章、第二楽章と進行するにつれて、巧みなカダンスと微妙なヴァリアシオンに飾られ、やがて絢爛と展開して来るメロデイ、或はテエマの因子であると云ふことに気がつかずに、多くの者はプルウストの難解さと晦渋の前で立ち止まつてしまふ。だが、この難解な、或は晦渋な作家と云ふ表現には一般に多少とも名誉、もしくはそれに近いニユアンスが含まれてゐるものである。マラルメの晦渋にしても、ヴアレリイの難解さにしても、さうではないだらうか。而も、プルウストには不思議にかゝる現象が見られず、却つて晦渋であることがともすれば彼の重大な欠点ででもあるかのやうに見做され勝ちである。こういふ傾向はひとり「スワン家の方」でプルウストを抛棄した者ばかりではなく、屡々数巻乃至全巻を読破し、プルウストの思想に触れた者にまですら見られるのであるが、この如き彼らに対してコクトオが「プルウストの思想を賞嘆し、彼の文章《スティル》を貶すのは滑稽だ」（プルウスト頌七七頁）と述べてゐるのは恐らく正しいであらう。しかし、また一方では、彼らはこの極端に我儘な猶太人プルウストに向つて、「目には目を、歯には歯を」の猶太法に従ひ、プルウストを自分の好むところから読んでも良いと考へる。これは頗る聡明なやり方だ。読者と云ふものの真髄がその作家を誤解すること、即ち自己流に理解すると云ふ点に存在するとせばである。しかし、彼らはヴァアレリイの極めて含蓄に富んだ言葉「彼（プルウスト）の作品の興味は各断片中に存在してゐる。人は思ふまゝにこの書物を開くことが出来る」（プルウスト頌一〇八頁）に対して少しく早計にすぎた味ひ方をしはしなかつたであらうか？　ヴアレリイの頭脳のオルガニスムは彼らがその言葉を手取り早く理解したよりも更に緻密であつたと私は考へる。どこから読んでも、どこを開いても良いと云ふことは、ひとたびプルウストの秘密を把へたならばと云ふ条件があつてからのことである。凡て書物はそのやうに開かれねばならない。作家の魂と作品とを理解し尽し、そののちに至つて折に触れ、自分の思ふまゝに開き何気なく読むこと、其処に書物の生き生きした復活があり、現実の豊饒な顕示《レベエラシオン》がある。また書物と読書、小節と現実の関係がある。ヴアレリイの言はこのやうに理解さるべきであつて、それ以外に利用さるべき性質のものではない。それ故、プルウストを難解とし、晦渋となして彼らがプルウストに対して用ひた猶太法は真の愛ではなかつた。プルウストから私たちに与へられる愉悦の代償はもつと苦しいものである。では如何なる代償を私たちはプルウストに支払はねばならないのであらうか。プルウストに与へた難解、晦渋と云ふ言葉の中から誹謗の意味を除去し、これらを克服することが必要なのである。マラルメの晦渋に就いてヴアレリイはこう云つた。「一たびこの難解が征服されるや、マラルメ程高貴なものはない」と（ヴアリエテ、第三巻、余屡々マラルメに語りぬ、二一頁）。実に、「失はれし時を索めて」の中に微かなライト・モチイフを聴き分け、やがて現はれてくるメロデイの美しさを充分に愉しむためには、ヴァレリイがマラルメに就いて語つたと同じく、「一旦プルウストの難解を乗り越えるや、彼ほどに愉しいものはない」と私は云はざるを得ぬ。

以上私はプルウストの難解に就いて数言を費したが、かくプルウストの文体の独自性、及びその独自性が私たちに齎らす難解さの原因に就いてこゝに語る暇を私は持たない。唯、時偶私が「花咲ける少女らの蔭に」を繙いてゐた時、「なでしこが花見る毎にをとめらがゑまひのにほひ思ほゆるかも」と云ふ万葉の古歌がふいと胸に蘇つて来たことを告げて、文体及び難解さの問題に関しては折あらば触れることを自ら期待し、今はこの小論に標題として掲げた「プルウストと現実物語《ロマン・レアリスト》」に就いて私は語らうと思ふ。

既に「現実物語《ロマン・レアリスト》」と云ふ標題からも察し得られるやうにこゝでは小説「失はれし時を索めて」に関して極めて平凡なことが述べられるであらう。何故なら、出来得れば私は、プルウストの中から平凡なもの、而も「失はれし時を索めて」の小説としての存在に本質的な意味を持つてゐるものを抽き出して来ることを目的としてゐるからである。平凡に反する異常《アノルマル》と云ふこと、之は優れた文学作品にとつて余り名誉とすべきものではない。況んや、異常だけがその存在理由をなしてゐる如き芸術品に於いてである。ボオドレエルの芸術を目して異常となすことは既に誤謬であつて、ボオドレエルの芸術に関しては、ジャック・リヴイエルが見事に指摘した如く、彼の「制御された詩」即ち異常な内的体験の平易化を強調すべきであらう。従つて、プルウストの感受性とか思想とかを異常と見做すことは兎もかく、作品自体を一言の許に異常となすことは頗る早計であり、私の言はんとすることは正にこの一点にかゝつてゐる。

世界大戦後に於ける仏蘭西文学にあつては、何かしら異常なもの、感覚、心理状態、または思想いづれに於けると問はず、極端に常軌を逸したものだけが恰も文学たり得るかの観が一般に存在してゐた。勿論、現代就中大戦後に於いて、外界及内界の破産と巧みに称んだところの社会の複雑性、知性の混乱等々を、それら異常な文学の成因として私は認めることができる。併し、文学がこれらの複雑性、混乱性等を直接に反映することは少しも珍らしいことではない。之を逆に考へれば、彼らの異常さでなく、却つて現代に容易に見出し得るところの極めて当然な現象にすぎぬ。それ故、アンドレ・ジイドがプルウストの中から「無動機性《グラテユイテ》」を発見したことは決して意味なきことではなく、実にジイドの大きな功績であつた。このグラテユイテこそは現実物語《ロマン・レアリスト》の基礎をなすものであると同時に、古典への路を拓くものである。

嘗つて私はアテネ・フランセなる仏蘭西語学校でポオル・イズレエル氏の「現代仏蘭西文学に就いて」と題する講演を聴いたことがあつた。その講演の主題は現代文学に対する極めて好意ある解釈に終始満ちてゐた。私の記憶に依れば、イズレエル氏の論旨は大体次の如く要約し得るものであつた。即ち、人々が屡々非難する現代仏蘭西文学の複雑性、混沌は之を歴史的包括的立場から見る時は全的な社会生活の水準の高上を示すものであり、同時に文学の進歩であるとなしたのであつた。而して、この好意ある解釈の中に、幾人かの代表的な現代フランス作家、アンドレ・ジイド、ポオル・ヴアレリイ、ジヤン・ジロオドオ、マダアム・コレットらの名が浮び上り、かくしてマルセル・プルウストの名は僅かに、それら作家から少しく離れた孤立的立場をとりながらイズレエル氏の口から漏れ出たにすぎなかつた。私は氏のかゝる好意に満ちた現代文学に対する解釈を尊敬すると共に、この思考方法、もつと極端に云ふならばこの現象を面白くも感じたのであつた。それはかゝる解釈に基いた状況をそつくり裏返しにして考へたならばどうであらうかと云ふことに、その時私は思ひ及んだのであつた。と殆ど同時に、グラテユイテに基いた、「失はれた時を索めて」が、その理由は未だ不分明のまゝであつたが、甚だ強靭な、確固たる地位を占めて来るのを予感したのであつた。こゝに私はその理由と過程を明らかにして行かねばならない。

「失はれし時を索めて」を解剖し、プルウストの思想を把握すべく努力する者を漸次失望させ、落胆させせるに至る「併しながら、推理に依つて芸術作品を判断しようとするや、もはや固定的なものは何もなくなる。人は勝手なことが証明できるのだ」（見出されし時、第二巻四五頁）と云ふプルウストの言葉は却つて私をして彼を確実に把へさせずには置かないのである。これはいささかもイロニイではない。何故であるか？即ち、彼のこの言は芸術作品の中には何ら確固たるものが存在しないと云ふことを告白してゐるのでは更になく、それは全く逆に芸術作品の根柢にはかゝる推理に依つても尚動かざるもの、実体が存在してゐると云ふことを主張してゐるに他ならぬのである。彼がこの深甚な意味の言葉を右の長篇小説の殆ど巻末に置いたことは、云はゞプルウスト論者たちに対する彼自身芸術家としての、小説の終りに臨んでなす誓言であり、また挑戦でもあつたのである。しかし、この巧みな挑戦に不用意に陥ることがあつてはならぬ。むしろ、敵の兵法を手に入れること、これが勝利を齎すであらう。では、プルウストの言葉に暗示されてゐるその実体とは一体如何なるものであるか？　それは人生に於いては論理や推理に依つては動かすことのできない体験乃至実感が存在すると云ふことであつて、これが芸術作品のもつとも基底的存在であり、実体を把握するに至る、いはゞプルウストのプリミテイフな階程なのである。プルウストはかゝる体験と実感を唯一の拠点として長篇「失はれし時を索めて」を描いたのである。してみればこそ、彼は「かくて、文学作品の一切の素材は私の過ぎ去つた生涯であると云ふことを私は理解した」（見出されし時、第二巻五二頁）と述懐するのである。こゝに至つて、プルウストにあつてはこの感受性なるものが芸術製作に当つて絶対的、且第一義的な位置を占めてゐることが明白であらう。プルウストに於いて頗る重要性を持つてゐると思はれる想像すら実は第一義的な存在をなすものではなく、感受性の前には席を譲らねばならないのである。「文学作品を創造するために、想像力と感受性とが互いに交換できぬ性質のものであつて、感受性は決して前者に置き換へられることが出来ないと云ふことは確かでない。……生れから感受性に富んでゐるならば、想像力を持たなくても立派な小説が書ける筈である。……さう云つたものを知性で解釈すると、立派に書物の材料になる。むしろ想像され、作者の頭で考へられたものよりもすぐれた作品になる……」（見出されし時、第二巻五五頁）。上のプルウストの言葉からも明かなやうに、想像は現実を超えて在ることはできず、記憶のメカニスム及び認識作用に於ける役割の一部を果たすことに依つて、却つて現実そのものに帰つて行くことにその本来の意味を持つてゐるのであつて、結局は純粋な想像と云ふものはあり得ず、可感覚的存在に対応する感受性がその中に含まれてゐることも認めなくてはならない。従つて、感覚性こそが真に、またもつとも現実的存在であり、同時にそれは現実を創り出してゆく積極性を持つものである。こゝに人間の精神があり、それに依つて獲得（構成）された現実がある。それ故、精神のもつとも根本的な諸要素とは可感覚的な諸材料、つまり感受性が感覚し得るもの――光、韻律、透明、深さ等々――であつて、これらのものが広い意味での風景を構成するものであり、更にこの風景が人間の精神、人間の現実を形づくつてゆくものである。「失はれし時を索めて」の裡に見られる特徴の一つとして、精神や心理状態の「風景化」を挙げることができるが、これは右の意味から確実に理解し得ると思ふ。即ち、プルウストは精神或は心理状態を感覚的諸材料にまで分析したのであつて、其処に感受性に依つて把握された生の現実が描かれてゐるのである。未だ固定されざる、概念化されない、流動し、持続してゐるまゝの現実がプルウストの筆の許に繰りひろげられてゆく。それは写真が捉へることのできなかつた、繊細な、動いてゐる、匂ひのある、明暗に富んだ風景のやうに、少年マルセルの少女ジルベルトやアルベルチイヌへの恋、スワンのオデットに向けられる嫉妬などが展開するのである。このやうにしてプルウストが現実を描写した時、同じく一つの社会図、人間喜劇《コメディ・ユメエヌ》を描いたバルザックとの関係に就いて考へるならば、プルウストはガボリイの云へる如く、「細部に於いて真実であり、深刻で、且身に染み入るが」（プルウストに就いてのエッセイ、一三一頁）全体に於いては所謂小説が持つところの真実性がなく虚構の感を与へ、一方バルザックにあつては細部は虚構をかんぜしめるが、全体的効果から云ふと一つの小説的真実の社会を描き出してゐると云ひ得る。之は多くの問題を含んでゐるに相違ない。試みに、「父性愛」と云ふ言葉をこゝに投げ出してみよう。バルザックにとつては父性愛とは一箇の類型《ステロテイプ》である。バルザックはこの父性愛の周囲に一切の社会的結果、外的現象を必然的に積み重ねてゆく。かくて、ペエル・ゴリオは社会的背景と「父性愛」との交錯点に明白に浮び上つてくるが、彼は一枚の画布《タブロオ》中の人物として定着される。しかし、プルウストにあつては父性愛と云ふものが何であるかを概念的類型的には知らぬし、またそんなものを描かうとは考へもしないのである。父性愛は分析され得る感覚の諸要素の集合に他ならぬものであつて、感覚が持続する如くに、父性愛もまた持続の流れの中に描かれるのである。父性愛はバルザツクにとつて一つの枠であり、この枠を満たすことに依つて小説は進展するが、プルウストに於いてはこの枠をとりはづすことが目的であり、それは先に述べたところの概念化された精神の、現実への復帰、即ち風景化である。要するに、バルザツクが個々の現実は社会的結果から總体としての現実に接近するに反して、感受性を根底とするプルウストは内部から外部へ即ち現実を構成する諸要素を花咲かしめて豊饒な現実を創り出さうとするのである。云はゞ、バルザツクは多を含む一であり、プルウストは一から多への分岐、単一から生成への過程を整然と辿つてゆく植物的進化である。さればこそかのシヤルリユス男爵は（私はゴリオの父性愛と云ふ点に関連してこの人物を選んだのでは全くない。）「人間喜劇」の中でバルザツクの創造した人物としてゴリオが屢々代表される意味で、私はシヤルリユス男爵を「失はれし時を索めて」の中から選び出したのである）ゴリオが父性愛の権化としてステロタイプ化されて描かれたやうに些かも固着されてゐず、持続の中にあつて流動し、変貌を示してゆく人間である。而も、彼ら作中人物に就いてバルザツクの人物はその各瞬間に物語性《ロマネスク》を含んでゐるが、プルウストの人物はスワンにせよ、ジルベルトにせよ、オデツトにせよ凡て何らの物語性《ロマネスク》を含んで居らず、プルウストのきびしい感受性に基いた現実的様相に織り成されてゐるのである。「失はれし時を索めて」のどこを開いても良い、其処に非現実的な頁を見出すことは困難である。これが、「失はれし時を索めて」を現実物語《ロマン・レアリスト》と称んだ裡、現実的《レアリスト》と称し得る一面なのである。

然らば、こゝに取り残されたもう一つの面、恐らくは「失はれし時を索めて」を決定するに当つて更に重要な、物語《ロマン》の面は、さきの現実的な面とどのやうに結びついてゐるのであらうか？

感受性の豊饒さは現代文学に於いて殆ど充分と云つても良い程に看取し得る。併しながら、こゝに重要なことは現代に於いて豊饒と混乱とが区別もなく考へられてゐると云ふことである。従つて感受性の真の豊饒さは混乱の下に屈服せしめられてゐることを余儀なくされてゐる。現代の文学、殊に戦後の文学は感受性の昂揚と共に先づ第一に小説の計画性を拋棄した。敏感すぎる感受性が波を打つて小説の中に勢ひよく流れ込んで来た。その結果、無秩序と混乱とが現代に相応しいものとして迎へられた。人はもはや秩序立てられたもの、適確な表現を持つ文体、人生とは殆ど無関係に整理されたものを読まなくなつたのである。確かに、こゝでは芸術それ自体の存在理由としてよりも、人間の存在理由として、無秩序と混乱とが歓迎された。かくの如き感受性は現実的たり得るにはあまりに混乱し過ぎ、真に物語るためにはあまりにも無秩序にほうつて置かれる結末に陥つたと云ふことができる。かくて、それらの作品は人間、或は人生にとつての一つの冒険小説《ロマン・タブアンチユル》の如きものとなるに至つた。その原因たるや、実に小説に於ける計画性の拋棄に他ならぬ。ジイドがさうであつた。他方、ひとりジイドのみならず、現代の作家はあまりに主題《テエマ》に捉はれすぎる。それは現代小説に確固たる計画に基いた発展を見出すことが殆ど不可能となつた。発展は無秩序な感受性と主題《テエマ》の発展に全く従属し切つてゐる。而も、プルウストの云へる如く、「芸術家は自己の作品に特質を現はすために、彼の思想を直接に表現するに及ばぬ」（ゲルマントの方、第三巻四九頁）のである。即ち、計画性を抛棄した小説の中には、もはや真の物語《ロマン》はない、現実はない。真のロマンはないと云ふ表現は私の云ひすぎかも知れぬ。しかし少くとも其処には仏蘭西ロマンテイスムが自我の高揚に依つて産んだ如きロマン、及び独逸に於けるシユレヱゲルの如きイロニイに依る現実超脱のロマン以外のものは見出し得ないと私は確信する。即ち、現実物語《ロマン・レアリスト》、レアリテを持つたロマンは見出し得ぬのである。

物語《ロマン》はその本質としてひとつの計画、ひとつの訓練を要する。即ち、感受性に依つて獲得した印象を想像力に依つて一層現実へと接近せしめつゝそれを印象の深さに於いて生き生きと示顕《レプエシエ》すると共に、知性に依り計画すること、実に物語《ロマン》はかゝる計画と訓練とを経て創られるのである。嘗つて、アルベエル・チボオデの「小説に就いての考察《レフレクシオン・スウル・ル・ロマン》」を借りて読んでゐた時、そこに集められた幾つかの論文の中でどこであつたかは今思ひ出せぬが、ともかくも「小説には二種類あり、一つは物語《ラコンテ》るそれであり、他は提示《ルプレゼンテ》するそれである」と云ふ意見に遭ひ、頗る興味を覚えたのであつた。こゝに小説に於ける「レアリテ」と「フイクシオン」が存在するのであるが、これら両者は分離して決して存在するべきではなく、実に先に述べたところの、計画と訓練に依りはじめて両者が緊密に結びつき得る。ところで、プルウストに於ける感覚、印象、記憶、持続、追想、顕示と云つた問題を見る時、人々が殊に現代の作家が抛棄し易くなつたこの計画と訓練を、プルウストがその生涯に於ける唯一の小説「失はれし時を索めて」で実践したことを理解し得るであらう。それ故、プルウストの創作態度は「私はかんじなかつたことを書いたことは一ぺんもなかつたし、それかと云つて感ずるまゝに書いたことも一ぺんもなかつた」と云ふ言葉（これは確かゲエテの「詩と真実」中の一節であつたと私は記憶してゐるが、いま再び読み返して確める余裕を持たない）に依つてこそもつとも雄弁に、且明確に語り尽される。

思へば、プルウストの道は決して容易ではなかつた。かくて、「失はれし時を索めて」は一部の人たちが殆ど頑冥にも信じ込んでゐるやうに、単に個人的な記憶の湧出に筆を任せて描き上げた、所謂エゴイズムの作品ではなかつた。プルウストが自己の記憶に基いて創作したことがエゴイズムであると云ふならば、エゴイズムならざる作品が一つとして他に有り得ようか？　事実は逆に、プルウストは自己の感受性を根底としながらも、以上述べ来つた計画と訓練の裡に真の現実を捉へた物語を書き得たのであり、その時「芸術こそは自己脱却の唯一の路である」（見出されし時、第二巻四七頁）をそのまゝ実現したのであつた。即ち、プルウストは自己への全き沈潜に依つて自己を脱却し、時間の流れに歿入することに依つて時間を超えて立ち得たのであり、こゝにプルウストの現実物語《ロマン・レアリスト》の誕生があつた。

「プルウストは通常古典と云ふ狭い規範から見た場合多くの違反を犯してゐるにも拘はらず、やがて古典になるであらう。モンテエニユが（文体及び思想の自由）、サン・シモンが（激しい個人性）にも拘はらず、古典となつたやうに。而してボオドレエルは既に古典になつた」とガボリイは彼のプルウストに関するエッセイの中で（六五頁）述べてゐるが、私もまたプルウストが古典になるであらうことを信じて疑はぬ者である。而して、ガボリイがモンテエニユ、サン・シモン、ボオドレエルを例に挙げた如く、ひとり十七世紀古典文学の規範に従ふことのみが古典ではなかつた時も、外界から遮断されたコルク張りの部屋での孤独な生活を恰もノアの方舟の如く感じて、地上即ち現実を回想のうちに眺めながら書かれた現実物語《ロマン・レアリスト》「失はれし時を索めて」は以上述べ来つた如く尚且充分に古典たるの資格を有してゐるのである。それ故、私が「失はれし時を索めて」の中で野花の咲き乱れた野原を彷ひ、いく人かの少女らに出逢ひ、夜パリのアパルトマンの一室で桜の枝をラムプにかざして眺めてゐる時、ふいと万葉の古歌が私の胸に蘇つて来たことは些も不思議ではなかつたのである。

（一九四〇）

CATLEYA――プルウスト幻想

〈CATLEYA〉と云つても、私はこのいく頁かを花言葉で埋めようとは少しも思つてゐない。しかし、ある時、ある場所で、「青い花」が、極めて捉へがたく、そんな風に捉へがたいことが恰もその得失であつたかのやうな、あの有名な何かしらを象徴してゐた如く、そしてまた、唯に花ばかりではなく、殆ど凡てのものが、或る時、或る場所で、或る人にとつては何かしらの意味を抱いてゐるやうに、確に、この〈CATLEYA〉も或る時の或る人にとつて、得も云はれぬ愉悦の泉を湧き立たせる、いはば一種の花言葉と云つて差支へのないものになつてゐた。愉悦が多くの場合、たつたひとりきりか或はせめて二人の間だけで秘密として取扱はれたやうに、この「カトレイア」もまた、殆ど聴きとれるかとれないか位迄に、ためらふやうな囁きの裡に口にのぼせられねばならなかつた。

　私は恋人たちの意味のない微笑を想ひ浮べる。しかし、眼差と眼差とをそれとない臆病な恥しさの裡に交へながら、彼らが分ち合ふ微笑、この微笑に「意味のない」と云ふ形容詞を与へる位、本来の意味から外れた表現はないかも知れぬ。この微笑こそは、彼らにとつて意味の意味、意味の窮極を現はしてゐるに他ならぬのであつて、彼らは微笑と云ふメタフオルによつて、かれらの意味を表現してゐるのである。投げ与へられる微笑、それに応へられる微笑、この二つの間にメタフオルは瞬間の裡に完成されて、男性にはかのベアトリイチエの微笑と永遠化させる。ここに、かれらの抽象から具体への夢幻的な展開、昇華が立派に成し遂げられる。しかも、微笑は完全な具体化であつてはならない。微笑は寸時ののちには再び抽象にかへり、またもや具体へと未練のない出発を告げなければならない。かうして、抽象から具体への、具体から抽象へのうすい境界に微笑がつくられる。しかも、微笑から意味は既に失はれて、それは無限の距離、永遠に手に触れ得ぬ彼方へと飛び去つてしまふ。これは意味のない意味のある微笑である。メタフオルはいつも凡てを語らずに、凡てをも語つて来た。

私はかういふ極めて稀なことに属するメタフオルを、シエクスピアの劇の中でとか云つた場合を除いては、未だ非常に僅かしか経験してゐない……。

嘗つて、私は少年時代から青年時代に移らうとしてゐて、半ば少年であり乍らも、また半ば青年であり、而も定かにはそのどちらの時代にも属してゐないやうな一時期に、同じやうな時期を経つつあつた一人の少女と、深い純粋に頭脳的な関心を、幸にも互に寄せ合つた。その頃、私は花に語り、星と語らふことも不可能ではなかつた。それは人生を経ながらも、人生の側を通りすぎてゐたのかも知れない。私たちの日々は人生ではなかつたが、人生をいちばん良く味ひ得た日日であつた。しかし、これらの日々も、かの説明しがたい一時期に向つて少女の方が私よりも早く訣別を告げたことに依つて、私たちの間に殆ど何事もなかつたかのやうに失はれていつた。やがて、その少女には現実の時間が訪れて来たに相違なかつたが、私はと云へば、まるで物語の主人公なんぞみたいに、それからも長かつたり短かつたりする無秩序極まる時間の中をすぎてゐた。例のハンス・カストルプ青年と同じく、私は壜詰になつた時間を、私の脳髄の棚に置いてゐたが、ともかくもそんな私にとつてかういふ時間にポワンを打つことは何か終生不可能なことらしく見えた。とある日の物寥しい夕ぐれのあとには、数年前の夕ぐれがすこしの不自然さもなくつづいてやつて来た。それらの日、私は少年のやうな顔を蒼ざめさせ、嘗ての少女を見知らぬ顔のやうに想ひ浮べてゐた。しかし、私がそのやうな時間にポワンを打つたにしろ、打たなかつたにしろ、数年が流れたことだけは確実だつた。つまり、壜の外側を、小説本の上を、音楽の傍を時間は流れていつたのであつた。この毒薬とも薬とも分らぬものに充ち満ちた壜、小説本の中の悲しみとも悦びとも定かには究めがたい物語、飛躍と失墜との間に高まつてゆくアダジオ、云はばこれらこそが持続する人生のメタフオルであつたのだ。

しかし、時間は流れた……私の見知らぬ面持をして……。恰も若い役者が老役を仕損じたかのやうに、私は青年になり損ねて、奇妙な喋り方をし、極めて能力のない考へ方をしつづけてゐた。このやうな状態は次のやうな俗語――お目出度い――以外では云ひ現はし得ぬ性質のものである。確に、古今東西、物語はいく人かの代表的なお目出度い人間を創り出して来た。

とある黄昏であつた。私は冬の日の公園でたいへん疲れてゐたが、部屋の中に閉ぢこもつてマロニヱの色づいた落葉を恋ふる想ひに熱を出す心配はすこしもなかつた。けれども、甚しい疲労は私を空間と時間の中で錯覚に導くのに充分であつた。つまり疲労の揚句、倦怠《アンニユイ》は私の精神を解放してくれたのである。何故なら、アンニユイは純粋に肉体のものであつて、些も精神とは関係しないからである。精神が作らくためには場所を要求する、それは空白な拡りでなければならず、肉体のアンニユイはそれを提供してくれる。そこで、夕ぐれの陽が高い樹の梢だの、雲の一片だのを耀《かがやか》しながらも、地上まではもう届きかねてゐて、灯のはいつた或る賑かな日本のプロムナアドを、私は一人の仏蘭西の小説家と散歩をしはじめた。私は彼の華奢な腕を自分の腕にとつてゐたが、これは親密さからと云ふよりも、向ふの国の習慣からにすぎなかつたのである。私たちは長いこと黙つたまま歩みを運んでゐたが、黙つてゐることが私たちにいつそう渇を覚えさせて来た。

「ムッシユウ、お茶を頂きませんか？」

それは沢山な花と果物とがごつちやに並べられてゐて、それら花から果物が実つたかのやうな、とあるパアラアの前であつた。私たちがテエブルにつかうとそんな果物の傍をとほりかけてゐた時、とつぜん彼は私の腕を振りほどくと、果物の背後に咲いてゐる一本の花の前に近づいてゆき、そのまま私を忘れてしまつたみたいに佇みはじめた。さういふ彼の癖を知つてゐた私は、静かに彼の傍に並んで立ちながら、うすい赤紫色をし、なにか布地のやうなかんじのする花びらを、思ひのままに、しかしどことない整然さで着けてゐる花に、一緒になつて見入つてゐたが、ふいと、そんな花の傍に差した木札にすこし気取つた文字で「カトレイア」と書いてあるのに気づくと、急に私は胸を締めつけられるやうな気がされて来た。私は自分の手を彼の肩の上にそうつと靠《もた》せかけ、呟くやうに云つた。

「オデット！」

さう私が口にしたのと殆ど同時であつた。彼は私の目を、彼の優しい、しかしどことなく物憂げな瞳でみつめ、それから急に目を反らすと、そのまま当もなく空《くう》に向けながら、殆ど咎めるやうな口調で云つた。

「ああ！、ひどいことを云つてくれましたね」それはルグランダンそつくりの調子であつた。「さう、あなたのおつしやるとほり、オデツトはカトレイアが大好きでした。あの花は愉悦の泉、愉悦の鍵だつたのです。ある夜のこと、さうこんな風の冬の初めの日……失礼、今夜はこれでムツシユウともお別れしませう。時間が……いや、さようなら、ではまた」

突然、彼は私に背を向けるとすこし急ぎ足になつて再び通りに出ていつた。握手もせずに別れてしまふとは何と云ふことだ、彼は私から逃げていつたのだらうか。私は彼について外に出、人々が私にぶつつかつたり、私をうしろから押して通り越したりするがままにさせながら、そのまま舗道の上にいつときぢいつと立ちつくしてゐた。次第に烈しい疲労が私を柔かく包んで来出した。たつたひとりでゐると云ふことのために、いつそう純粋に、いつそう濃くなつてゆくばかりの疲労に、私は自分自身を失ひでもしたやうに委ねたなり、ほんのすこうし冷たい風に頰をなぶらせながら、こうして見知らぬ顔の時間ばかりが流れてゆくのだから、偶々見知つた顔の人々が私の前を通りすぎたとしたところで、私はその友人を呼び止めないでしまふかも知れない。そんなことだつてあり得る。さうだ、ついいましがたまで私と一緒にゐたムツシユウがあの「カトレイア」の花を見ると、突然私を見忘れでもしたやうに私から去つていつたのは、彼が見知らない時間の流れの中に突き落とされてしまつた故だ。云はば、「カトレイア」の花が、二つの時間の結びつく頂点をなしてゐて、彼はその頂きから見知らぬ時間の側へ、恐しい程の速さで墜の中の時間を、物語の中の時間を喪失しながら顚落していつたのだ。私はいつかまた、その花屋とも果物屋ともつかぬ店の中に戻り、〈CATLEYA〉の前に立ちつくしたまま、何とも云へず奇妙な方向にひらいてゐる花片をぼんやりとみつめ出してゐた。奇妙な方向、全くそれは一枚の花片を空間にかろやかに漂はせ、また他の花片を時間の中に重々しく沈ませてゐるかのやうだ。

（一九四〇、十二、十四）

文学／浅間山麓ふたたび

大学生時代の頃、信濃追分にて。

野村英夫と dangerous boy

　ぼくが野村君と知り合ったのは、小山正孝君の紹介だったろうか。ぼくがいま、野村君との思い出を書こうとする時、まずそんなことに思いをいたすのは当然ではなかろうか。そのくせ、記憶というものは憎い奴だ、誰もが記憶をたどって、文学という道を歩んでいる。記憶がなかったら、小説も散文も詩も、おそらく一行だって書けはしない。だから、ぼくはまず野村君との出会いから始めたいと思った。

　ところが、その記憶がおそろしく不確かなのだ。誰にも不確かな記憶はある。だが、ぼくの場合は、出発点の記憶がはっきりとしていないだけに、ひどく不幸な思いがする。野村君をめぐるいくつかのエピソードをかなりはっきりと思い出しながらも、どれもこれもが孤立しているせいか、坐りが悪いかんじがする。それらのエピソードを、「野村英夫全集」の年譜をひらいて、クロノロジックマンにあてはめていきながら、出会いの場所と時をぼくの心の中に定着しようと努力したが、これもうまくいかなかった。何も彼との出会いから順序立てて、この原稿をかく必要は毛頭ないのだが、そのことにかかずらっているのはどういうわけだろう。その部分が、記憶に残っている部分よりも大切な気がするからではないだろうか。空白とはちがった意味での、ふれられない部分。生きている自分にはわからないで、ひょっとしたら、二十年以上も昔に死んでしまった野村君の方だけは知っているかもしれないという、ぼくと彼との間の、もう永遠に埋められない部分――つまり、時間からも空間からも脱け出してしまった部分なのだ。

霧が晴れ上がると、そこは信濃追分だったような気もする。どこで、誰がぼくを野村君に引き合わせたのだろう、と、ぼくはそんな推理さえ始めた。

二、三日前のことだ。中村真一郎君や小山正孝君やぼくの共通の友だちの、ある女流詩人がしばらくパリへ勉強にいくことになって、その出立を送る会をもった時に、ぼくはこの話を持ち出したが、誰もはっきりしたことは言ってくれなかった。逆に、小山君から、「君が野村君に会ったのは東京ではなかったのか」などと言われると、浅間山麓で出会ったとばかり思いこんでいたぼくは、ますます深い霧の中にほうりこまれた気持になった。そればかりでない、ぼくは小山君に紹介されたと思ったり、いや、ひょっとすると、堀さん自身から紹介されていたのかもしれない。野村君はいつも堀さんのそばにいたのだから。ある時、堀さんを軽井沢にたずねたぼくが、当然のように堀さんから紹介されることもあり得るわけだ。もし、そうだとしても、年代から考えて、それは水車の道を上っていった所にあった堀さんの別荘ではなくて、そこに移る前の、メイン・ストリートを右に曲った所にあった、庭の広い別荘で紹介されたようにも思う（このことはあくまで確かでない）。

……こうして、野村君はいつの間にかぼくの友だちになっていた。

しかし、その野村君と、ぼくは限られた交際しかしなかった。年代的にいうと、昭和十四年の夏が始まるまでの、きわめて短い期間に、それもほとんど夏と、その前後だけを、信濃追分の油屋でか、軽井沢のベア・ハウスですごす時に会っているだけだった。東京で、ぼくたちが往き来をしたことは、記憶をたどってみると、どういうものか、三度も超えていないような気がする。

そんなわけで、野村君には一年に一度、夏にしか会わないことが多かったが、浅間の山麓で彼と会うと、それまで二人とも同じ東京にいながら会わないですごした、約一年の大半の月日をパッと飛びこえて、前年からの夏がそのまま続いていたかのように、ぼくらは向かい合ったものだ。だから、一年経って、信濃追分とか軽井沢で出会っても、お互いに、やあとかなんとかいうだけで、そのほかは別に挨拶など交わすことをしなかった。野村君は読書か、薪割りか、炊事とかをぼくにはおかまいなしで、そのまま続けるといった風だった。そこは、こちらも心得ていたから、その方がかえって苦にならないですんだ。二人の間には礼儀などというものはあまりなかった。

ぼくは今度はじめて、野村英夫の年譜を見て、なんと彼がぼくより四ヶ月ではあるが、年長者であることを知って驚いた。ぼくは長いこと、彼をぼくより少なくとも二年ぐらい年下と思っていたのだった。それは、彼を識った時から、ぼくの方が同じ早稲田にいて学年が上だったことや、ぼくの方が彼より早く社会に出たというきわめて単純な事実と、ぼくの周囲にいた人たちや堀さんや立原さん（この詩人とは文通をしただけで、ついに相見る機会にめぐまれないでしまった）が呼んでいた野村少年という愛称を、そのまま無意識のうちに心の中で使っていたことによるのではないかと思う。とにかく、年齢の点では、こんにちまで三十年以上にもわたって、ぼくはまことに軽卒な錯覚にとらわれていたということになる。

その野村君とぼくとはどちらも文学への情熱は抱いていたが、文学について話をすることはほとんどなかった。いま、記憶をたどってみると、正確にはいちどもなかったような気がする。もし、二人に何か共通なものがあるとすれば、堀辰雄という文学者に向って、二人が別々な仕方で志向しながらも、とにかく一つの雰囲気に包まれていたということだけであろう。

＊

舞台はほとんどつねに、浅間の山麓だった。そして、季節もほとんどつねに、早い夏から晩い秋までの間のことであった。ぼくと野村君は、そういう限られた状況のもとで、限られた交際をしかしなかった。

そんな風にして、一年という年月の大部分が東京ですぎて、ある日、つまり夏の前ぶれの日とか、夏の真っ盛りの日々のなかとか、夏に別れを告げる日々とかに、信濃追分か軽井沢で、久しぶりに出会うと、ぼくらはいきなりもう別な世界にはいりこんで向き合っているような感じに投げこまれていた。それがさっき言った一つの雰囲気なのであろう。だから、ぼくらは互いに久闊を叙することはもちろんしなかったし、東京での日々をあらためて問い合うこともしなかった。それがまた、なぜか少しも不自然でなかった。

しかし、当時、同じように追分や軽井沢で一緒にすごした中村真一郎君や小山正孝君や加藤周一君などの間でも、特に改まって挨拶などしなかったことから見ると、それはぼくと野村君の間だけのことでなかったような気もする。誰もが挨拶などというものは、とってつけたもののようだと感じていたからだと思う。挨拶という形式をとることで、意識の純粋な流れ——ある年の夏に会い、そして次の夏に再び相見るときまでの——に、プルーストの言う《心の間歇》が生ずることを、気持のどこかで避けていたのかも知れない。さほどに、浅間の山麓は僕らの心のなかの時間が純粋に持続する共通の世界であった。それはまた、純粋なるが故に可逆的な時間でもある。

野村君は純粋になろうとして、あるいは純粋であったが故に、時間を絶えず遡っていこうとして、苦しい努力をしていた。伝説のようになってしまった彼の初めにして、おそらく最後であった不幸な恋愛も、彼はその恋を初めから《不可能な恋》にしてしまって、その故にこそ、先へ、つまり未来へ進もうとはしなかったのだ。《不可能な恋》を前にした彼は、時間を逆行することで、かろうじて、おのれの恋をなぐさめていた。ぼくにはそうとしか考えられない恋愛であった。たとえば、次のような詩がある。

これが人生の
これが人生の掟めだらうか？
棒杭を引きながらゆく家畜たちのやうに
また足枷を鳴らしながらゆく足取りのやうに
刻まれた思ひ出のなかで

新な愛するものに微笑むのか？
罅割れた紅茶茶碗で
その脣を濡すやうに
不安のなかに思ひ出を秘めるのが？
さうしてそれらの苦しみと不安とに
耐へなければならないのが！

（原文のまま）

この詩は、彼の恋が芽生えて間もないころのものと想像されるが、彼はすでに過去の中で、自分の恋を育て、その恋と向い合い、それをおのれの人生としている。こんどこの原稿を書くに当って、「野村英夫全集」をひらいて、こういう詩をいくつか発見して、ぼくは、ぼくの中にある野村像を確かめたのであるが、たまたま巻末に出ている小山正孝君の一文を読んで、彼の愛情にあふれた、しかも実に冷たく正鵠を射た観察眼におどろくと共に、ぼく自身の考えもさらに強く確かめることができた。

いまここに小山君の全文をかかげる余裕をもたないが、野村君が胸にひめていた恋愛にふれて、「事実はどうなつてゐたかはわからないが、野村君は自分の悲劇を自分なりに受けとめて、いくつかの愛の詩をつくり、孤独のうちに死んで行つた」と述べて、「彼は生活者ではなかつた」と、ほとんど結論風に言い切っていることがあまりに野村君を突っ放して、しかも見事に捉えているので、ぼくの胸を衝いた。そのきびしさが、思わず、ぼくと野村君を、いまから三十年近い昔の青春時代につれ戻すことになった。

＊

それは昭和十六年の真夏のことだった。

この年の夏のぼくの軽井沢訪問は、それまでの年の訪問と比べて少しばかり変っていた。ぼくはアメリカから中南米の国々をまわる大旅行を終えて、八月初めの日本に帰ってくると、毎年の約束のように、すぐその足で軽井沢に上った。その時は、懐にも少々の余裕があったので、とりあえず万平ホテルに宿をきめて、そこから、ベア・ハウスに姿をあらわした。

例によって、野村君はそこの主人のような顔をしていた。そして、その顔には、これも例によって、ベア・ハウスを訪れる仲間をこまごまと世話するかいがいしさと、彼独自のものぐささとが同居していたが、ぼくが万平ホテルに投宿していて、そこからベア・ハウスに遊びに来たにすぎないということを知ると、彼はひどくびっくりした様子だった。さらに、アメリカから中南米をまわって来たばかりだというと、そのおどろきはますます大きくなるらしかったが、それはすぐ外国に行って来た人間に対する好奇心に変わった。それもぼくの短い外国見聞から何かを聞こうという性質のものではなく、ぼくの服装とか、ちょっとした会話のはしばしとか、動作から野村君流儀で、彼のあこがれている外国を感じようとしている風であった（それは彼の詩の中にもあらわれていると思うが）。ぼくの万平ホテル滞在は、軽井沢にいる仲間や知人の間でも、すぐ評判になった。

翌日、堀さんを別荘に訪ねていくと、「君は万平へとまっているんだってね」といわれて、こんどはこっちがニュースの早いのにびっくりさせられたが、もちろん、野村君がしゃべり歩いたにちがいなかった。ぼくは前の年、学校を出て、一応社会人になっていたが、野村君は早稲田の大学に進んだばかりだった。そのことで思い出すが、早稲田を出たぼくは、何ということなしに外務省の嘱託になったが、ある日、めずらしく野村君が役所に訪ねて来た。「こんど大学へ進んだから、君の角帽を貸してくれないか」と、言うのだった。「もちろん、貸すよ。だけど、君はベレエじゃないのかい」と、きくと、「教練の時、困るんだよ」と言って、口をとがらせた。ぼく自身も教練は大きらいで、えらく閉口したものだが、彼が角帽をかぶって、銃をかついで行進する姿を考えると、さすがに気の毒になった。

その後、どこで、どんな風に、角帽を野村君に手渡したか覚えていないが、彼が大学を卒業した昭和十七年三月には、ぼくはまたインドシナに出かけていたので、その角帽はそのままどこかへいってしまったのではあるまいか。ぼくの手元にはもどって来なかった。それはともかく、こんな角帽の貸し借りが、ぼくと野村君の間で、わずかな年齢の差を逆にしてしまうばかりか、ぼくがずっと年長者であるように、二人とも思いこんでしまうことになったのであろう。

だから、軽井沢でのぼくは、野村君の目にはいっぱしの社会人として映っていたらしいが、重大なことは、そんなことではなく、ぼくが彼よりはずっと生活者として映り、（小山正孝の表現に従えば）生活者ではなかった野村君は、若くして外国旅行をしたり、万平ホテルに宿泊したりする生活者であるぼくを一種の憧憬の念で見ていたらしいとも考えられる。つまり、自分がしたいと心の中で願っていても出来ないでいることをやってのける人間として、このぼくを見ていたのだ。彼がぼくに自分の恋愛のことを、爪のあかほども話したくなかったのは当然である。そういう意味では、ぼくらはそれぞれ別の世界にいたのであろうが、野村君はぼくと交際することで、一種の、非常に身近なカタルシスの役目を果していたのではなかろうか。

この夏の万平ホテル滞在は長くはなかったが、ぼくは毎日、ホテルからベア・ハウスに通い、野村君と一日の大半を一緒にすごしていた。

ある日のこと、ぼくらはベア・ハウスの日常生活に必要な、それでいてわざわざ買いに行くにはいくだらないような、何か雑貨品を買うためにメイン・ストリートに出かけた。それは午後の終りだったように覚えている。雑貨店は郵便局に向って、三、四軒左にあった。ホウキだとか、チリトリだとか、スリッパだとか、そんな品物が店の入口にあって、せまい土間が奥に通じている店であった。多少うす暗い店の中に入っていったぼくらは、思わず、ハッと立ちつくした。そんな雑貨屋には思いもかけぬ、美しい外国の少女が、花模様の明るいプリント地の服をほのくらい土間にうかび上がらせて立っていたからである。それはぼくらが何を買いに来たのかも忘れさせてしまうほどであった。ぼくらは上の空で、何か品物を探しはじめた。生憎というべきか、幸運にもと言うべきか、店の者はなかなか姿を見せない。土間の少女は、そのまま立っている。好機逸すべからず！　ぼくは少女に声をかけてみようと思った。外国旅行をして来たばかりのぼくは、簡単な会話なら不自由はしない自信があった。

しかし、それよりも、野村君が日ごろから外国の少女と知り合いになりたがっているということが、ぼくにそんな茶目気をおこさせたのだ。もし、その少女と友だちになれたら……、野村君はフランス語を勉強し、フランシス・ジャムの詩を読んだり、教会へいってフランス人の神父さまと片言で話をしたりしていたし、それに十七、八歳かと思われるその外国の少女の顔立ちは英語にはふさわしくないような気がしたから、ぼくはフランス語で話しかける決心をした。決心すると、早かった。

「こん《ボン》にちは《ジュール》、お嬢さん《マドモワゼル》」

少女はまっすぐ、ぼくを見た。ぼくはつばをのんだ。

「フラン《パルレ》ス語《ブー》を話します《フランセ》か」

少女はちょっと、眉をひそめたようだった。それから、彼女の脣がうごいた。

「ノン。エスパニョール」

ぼくはその返事をきいて、天にものぼる思いだった。

「ブエノ！ブエノ！ヨ、アプロ・エスパニョール、タンビエン（それはすてきだ。ぼくもスペイン語を話します）」

何しろ、中南米旅行から帰って来たばかりだから、鬼の首をとったような気持だった。あっけにとられている野村君を傍にして、ぼくが何やかやと話しかけたことは言うまでもない。少女の口から出るスペイン語の響きが実に快いばかりか、つい一、二ヵ月前に旅して来た中南米の都会での日々がふと立ち戻ってくる思いさえする一瞬であった。

そんなことで、ぼくはぼくなりに少々のぼせ上がり、野村君は野村君なりに何かひどく昂奮したふうで、ベア・ハウスへの帰路をたどっていたが、ぼくはスペイン少女との話の内容を彼に説明した。その少女はやはりスペイン人で、軽井沢に避暑に来て、その雑貨屋の二階のひと間を借りているとのことだった。そして、父親というのが東京で働いているのだが、それがなんとスペイン大使館の自動車の運転手だというのだった。ぼくが運転手というのは、どうもあまりいただけないねと言うと、野村君は「そんなことはない。スペイン大使館の自動車の運転手の娘が、軽井沢の雑貨屋のマンサルド（野村君はこのフランス語を力をこめて発音して、言った）を借りて、ひと夏を一人ですごすなんて、実にすばらしいじゃないか」と、ぼくとちがった受けとめ方をして、何か感にたえぬように、空を仰いで、だまりこくって歩いていた。

その日は、結局、雑貨屋では、何も買わずにしまったらしい。それからのことは記憶にない。ということは、そのスペイン娘との間に何も発展しなかったということであろう。それはそれでよいのであるが、ぼくが驚いたのは、それから二、三日して、また堀さんの別荘にいくと、庭先で、堀さんがめずらしく、ぼくの顔をわりに熱心にながめながら、「君、野村君が、君をdangerous boy（危険な少年）と言っていたぜ」と、言ったことだった。ぼくが突嗟にはのみこめず、えっ？といった顔をしていると、堀さんがつづけて、「君は、知らないエスパニア（堀さんは確かに、そう言ったように覚えている）娘に話しかけたんだってね」

「Dangerous boy はひどいな。スペイン語の会話の勉強をしただけですよ」

堀さんはそれきり何も言わなかったが、野村君がぼくに命名したdangerous boy にはまんざらでもないような顔をしておられた。

このエピソードは例によって、軽井沢にいる仲間たちの間にまたたく間にひろまったが、このラジオ放送局はやはり野村君のところらしい。だいたい、野村君には人の困る話を面白がって話す傾向があったようだ。もちろん、悪意なぞこれっぽちもないのだが。

そのころ、室生朝己ちゃんは、まだ中学生で、父親から新しく買ってもらった、それこそ今様に言えばカッコイイ自転車で、軽井沢町の道という道をのり回して、その都度、外人用に英語で通り名前を印刷した地図の上に、色鉛筆で塗りつぶしていくということをしていた。ぼくもいい年をしながら、その手伝いをしたものだが、その朝己ちゃんに通りで出会うと、この少年までが、ぼくをdangerous boyというのにはびっくりさせられた。野村放送局のキロワット力には全く恐れ入った。そうすると、変なもので、それならそれで、dangerous boyぶりを見せてやろうと、ぼくは心にひそかに思うところがあった。それも、野村君の前で。

その機会はすぐに来た。そのころ、どういうわけか、野村君の方からぼくの散歩によくついて来ていた。ベア・ハウスの夜は、ぼくは少々退屈だった。霧の深い夜、ぼくは急にメイン・ストリートの菊屋へコーヒーをのみにいくと言い出した。野村君もついていくと言う。もちろん、ぼくに何の算段もあったわけではない。二人はレインコートを羽織って、濡れた砂道を町へ出た。コーヒーを飲み終って、菊屋を出るまでは何事もなかった。ぼくらは黙って、霧の流れるメイン・ストリートを上っていった。と、反対の方から、二、三人の少女たちの明るい声が近づいて来た。その話し声が次第にはっきりしてくるにつれて、ぼくの心臓はドキドキして来たのだった。野村君にその動揺がわかるはずもない。とうとう、霧の中で、おたがいの顔がわかるまで近づいて来た。声の主は間違いなく、その女《ひと》だった。ぼくは野村君をその場において、その女に近づくと、「今晩は」とだけ言って、立ちつくした。その女の連れの少女たちも、彼女をおいて先へ進んでいった。

「アメリカにいってらしたんですってね」

「ええ」ぼくは喰い入るように、霧の中の、その女の顔をみつめた。その唇が少し謎のように笑って、言った。

「アメリカの女性はどうでした?」

若い少女のその問いに何の深い意味のあるはずもないが、ぼくは頭にカーッと血がのぼる思いがした。ぼくは答えなかった。また、その女《ひと》の声がした。

「軽井沢にはいつまで?」

「明日、帰ります」

その時、そう答えてから、ぼくは明日、東京へ戻ろうと決心している自分に気づいた。その女《ひと》は、「また、いつか」と言って、ぼくのそばを離れた。ぼくは野村君のところへ戻って来た。野村君は、明らかに、その少女たちのグループに彼らしい興味をよせていた。

「誰だい、彼女たちは? きれいなひとだね」ぼくの話していた相手の女《ひと》のことを指して言っているのだろう。それは、ぼくが苦しめられた初恋のひとだった。

「知らないよ。ぼくは dangerous boy だからね」

そう答えたぼくは、できることなら本当に dangerous boy になりたかった。

野村君は、また明日、ぼくが夜霧の流れるメイン・ストリートで、見知らぬ少女たちのグループに大胆不敵に話しかけたと、友人たちに放送するだろう。
それはそれでよい。小山正孝君がきめつけているように、野村君は生活者ではなかったろう。しかし、彼は生活者でありたかったのだ。詩を書くことで生活するのではなく（それは詩人の誰もがすることだ）、自分に出来ないことをする人間を友人にもつことで、生活者を気取ろうとしたのではあるまいか。彼の詩の中に一種の気取りが見られるとすれば、それは不可能への臆病な冒険がさせるわざではなかろうか。

アカシアの花が

沢山の手紙をポストに入れるたびに
また私が一人の少女の家の戸口に立つたびに
私の心は
あの花ざかりのアカシアの花が
風に散つてゆくやうに
一ひらづつ散つて行つた。
さうして或る日私の心には
その花がみんな風に散つてしまつた
アカシアの梢のやうに

もう一ひらの花さへも残されてゐなかつた
（原文のまま）

野村君は手紙をポストにいれるだけだ。恐らくは、差出人の名前も住所も記されていない手紙を。野村君は少女の家の戸口に立つだけだ。決して、その戸口を強く叩いて、中へ入っていこうとはしない。しかも、つれない返事を受け取った時のように、あるいは戸口をひらいて中に入っても歓迎されなかったように、彼の心は、アカシアの花びらが散るように無残にこわされていく。これが不可能への臆病な冒険のさせるわざ（詩）だったのだ。彼はその冒険をぼくに突きつけて、ぼくにdangerous boyという汚名を着せた。この汚名に甘んじて、軽井沢で野村君や朝己ちゃんと遊んでいたぼくが、初恋のひとの前で、野村君と同じように苦しんでいたことを知ったら、彼は何と言ったろうか。dangerous boyのうけた傷の方がもっと深く激しくはなかったろうか。その意味で、ぼくはこの汚名をあえて野村君に返上しない。恐らくは、それが野村君とぼくを結んでいた親愛感だったからであろう。

ベア・ハウスでも、追分の油屋でも、野村君は野村君らしいグループを持って生活していた。あるいは逆に、野村君は野村君の好きなグループに入っていって、自分の文学を育てる準備をしていたのかも知れない。そういう意味で野村君がつき合っていた人は、ぼくの知っている人たちだけでも、すぐ十人ぐらいは挙げられる。彼が明らかに先生のようにしていた堀さんや川端さんや生田勉さんや立原さんのほかに、先輩のようにしていた中村真一郎君、福永武彦君、小山正孝君など。そ

1939年夏
中村真一郎（左）と野村英夫

四人の学生の後ろ姿。

ういう人たちとは、野村君がどういうふうに接していたかを知ることはすこぶる面白いと思う。「野村英夫全集」の年譜には、ベア・ハウスでの中村真一郎君との感情上の行き違いとか、盛岡での立原さんとの仲違いなど、いかにも年譜らしく簡潔に出ているが、これを、ちょうどぼくがこの一文を草したように、その当事者が（と、言っても立原さんはもういないが）つまびらかに書いてくれたら、思いがけない野村像が浮かび上がってくるかも知れない。たとえば、加藤周一がその著『羊の歌』（岩波新書版、一〇二〜一〇三ページ）で、野村君を手きびしく批判していることはあまりにも有名であるが、それについてはぼくはここにあえてふれない。

二十年来の畏友嵯峨さんから、この稿をたのまれたついでに、ぼくは押入れの奥にしまいこんであった写真帳をとり出して、野村君の写っている写真を見出して、引きはがしたのがこの二枚である。写真のうらには、そのころ、まだあまり達者でないフランス語で、一九三九年、夏、追分で、としるしてあった。ぼくがまだ大学三年の夏である。四人並んで歩いているのは左から中村真一郎君、山崎、野村英夫君、小山正孝君である。この時、四人は何を話していたのであろうか。四人ともうつむき加減に歩いている所を見ると、瞑想に耽っていたのであろうか。遠い日のことで、何もおぼえていない。ちなみに、この写真を撮ってくれた人は、中村君やぼくや福永君、加藤君、つまり追分グループが、《松下少年》と呼んでいた、まだ中学三年ぐらいの松下博君で、現在は実業家になって成功しているのだが、フランス語の用があると、思い出したように、というより、忘れないで、ぼくの所へ電話してくれるのがたいへんなつかしい。

（一九七〇）

「きみ、ぼく」と比呂志君よ——芥川比呂志追悼

昭和五十六年十月二十八日、午前十一時ごろ。暗い試写室のなかで、たった一人で映画に見入っていると、係の女性が入ってきて、このような電話がありましたと、一枚のメモを私にわたして、すぐ出て行った。チェック・ランプのうす明かりの下で、メモを読んだ。「芥川比呂志さまが亡くなりましたと、小山さまからのお電話でした」

僕を芥川君に紹介してくれたのは、この小山正孝君だった。そして、その小山君がいち早く、芥川君の死をぼくに知らせてくれたのだった。それはぼくと芥川君の長い交友のしめくくりを彼の手でしてくれたかのようだった。

初めて、比呂志君に出会ったのは、昭和十四、五年のころだ。銀座通りに面して、いま（一九八二年）の資生堂と通り一本を隔てて並んだコロンバンの二階で会った。壁に藤田嗣治の、衣服をまとった天女のような女性が描かれていたのを憶えている。そのころ、ぼくは早大の予科で、詩人になろうか、小説家になろうかと迷っていた。ただ、中学の終りごろ、岩波文庫の『侏儒の言葉』（昭和七年版で、今でも手もとにある）を読んで、文学への開眼のようなものを感じていただけに、

その著者の息子に会うということで、素直な好奇の心を持っていたことは事実だ。

そんな僕を比呂志君はなんの警戒心も持たないで迎えてくれた。人間は途方もなく偉くなったり、出世したりすると、会いにやってくる人間に警戒心を抱くのが普通だろう。ぼくたちはお互いの道を歩んで、少しずつ疎遠になった。彼は病身に鞭打って、生命がけで熱愛する芝居の道を辿り、僕は逆に健康な体で生活を支えるだけの仕事をしながら、怠惰な日々に埋没していった。それでも、比呂志君はその後、何度かぼくに会うたびに、初めて会ったときと少しも変りない、あの警戒心のない態度で、僕を迎えた。

戦後、小山正孝君の詩集『逃げ水』の出版記念会で、その詩集の中でぼくの愛する一篇を朗読すると、比呂志君はにこやかな顔をして、朗読がじつによかったとぼくをほめてくれた。それは昭和三十一年春のころだ。

もう一つ想い出がある。昭和四十五年の春、比呂志君の『決められた以外のせりふ』の出版記念会が、霞ヶ関に近いナポレオンというレストランでひらかれたときのことだ。ぼくは特に連絡もなかったが、人づてに聞いたので、久しぶりに彼に会いたいと思い、新著を一冊買い求めて、会場へ駆けつけた。二、三のスピーチがすんで、買って来たばかりの本を彼の前に差し出して、著者の署名を求めた。彼は、「悪いね、すまないね、あげなきゃあいけないのに」と、つらそうに言い、見開きのページに、「山崎剛太郎」とまで書いてきて、ぼくの顔を見て言った、「様《さま》と書くのかな、君《くん》と書くのかな」。ぼくはすかさず、答えた。「君《くん》さ、君《くん》と書いてくれ」

比呂志君、その本はいまでもぼくの本棚におさまっているよ。冥土でまた会うのも遠いことではないだろう。

（一九八二）

六時から八時までの軽井沢

去る（一九九〇年）八月四日の夕べは小生にとって、懐旧の情と痛恨と最後の夢のまじった不思議なひとときであった。午後五時二十一分、私は軽井沢駅に降り立った。六時から塩沢湖レストハウスで開かれる「中村真一郎を励ます会」に出席するためである。

畏友中村真一郎と私とは半世紀を通じてのつきざる交友である。だから、彼と話しているときは、中村先生とか中村さんとは呼ばない。いつも真ちゃんと親愛をこめて呼ぶ。いつだったか、ある雑誌に一文を草することがあって、彼の名前を記す必要があった。文章の内容から、まさか真ちゃんとは書けず、さりとて、中村真一郎氏、先生、様、君でも格好がつかず、苦慮の末、当人に電話で相談した。すると、彼は言下に答えた。「中村真一郎と書けよ、それが一番だ」。なるほど、芥川龍之介は芥川龍之介であり、堀辰雄は堀辰雄である。私は自分を少し恥じた。

この日は開会前に入口の庭先で、彼とは三、四分話しただけだった。会場では堀多恵子夫人に何年かぶりでお目にかかった。「家にいらっしゃいよ」「敷居が高くて…」「なにおっしゃるの！　いらっしゃい」。夫人はちょっと私をにらんだ。信濃追分は私の小説「薔薇物語」や「花芒」を生んだきっかけの地である。今は遠い。

八時五十四分、私はすでに東京へ戻る汽車のシートに身を埋めていた。多恵子夫人に会いに行く日があるだろうか。夫人が堀辰雄と結婚されて間もなく、水車小屋の径の家に中村真一郎、加藤周一、野村英夫と一緒に行って、すきやきをご馳走になった。食事が終わると、中村がとつぜん腹痛で苦しみ出した。そのとき、堀辰雄は蓄音機を持ち出してきて、セザール・フランクのヴァイオリン・ソナタ・イ長調をかけた。「少しは痛みが和らぐかもしれない」。堀辰雄はそう呟いて、ねじを巻いた。

多恵子夫人は憶えているだろうか。いつか話したい。東京では、フランス映画「五時から七時までのクレオ」の翻訳の仕事が私を待っていた。


（一九九〇）

浅間山麓ふたたび

私が浅間山麓を初めて訪れたのはいつであったか、遠い記憶をさぐってみる。それは半世紀を超える昔だから確かな記憶なぞ大半は失われている。逆に、手がかりになるのは、第三者、つまり評伝を書くような人が軽井沢に縁のある有名作家の年譜を作るために調べたもののなかから、私に結びつくものを拾い上げるという奇妙なことになる。

たとえば、「立原道造全集」第六巻雑纂の年譜を繰ると、六三五頁に「昭和十三年八月十九日に、浅間爆発」とある。そこで、私は思い出す。それは夜であった。私は二十一歳、早大仏文の二年生で、信濃追分の加藤周一の山荘に中村真一郎や野村英夫と一緒にいて、噴出した溶岩がルビーのように山脈に転がるのを目にしたことを憶えている。このことは大学を出た昭和十五年、「早稲田文学」二月号に発表した私の小説「花芒」の中にとりこまれている。加藤周一の妹さんらしい人物が夏子という名前で配されているのも今では懐しい。この夏が私にとって最初の浅間山麓訪問だったと思う。

同じ年の四月、堀さんと多恵さん（こんな親しい呼び方が小生に許されるだろうか）がとても幸せな結婚をされて、水車の径に住んでおられた。その幸せいっぱいな家に中村真一郎、加藤周一、野村英夫と私とが訪れて、すきやきをご馳走になり、有名な中村真一郎腹痛騒ぎを起こした。このことは平成二年十月の文芸家協会ニュースの会員通信でちょっと触れた（「六時から八時までの軽井沢」）。

翌年の夏も浅間山麓へ出かけた。だが、この年の三月二十九日、立原道造はすでにこの世の人ではなかった。その朝、私はそれまでただ文通だけの間柄であった彼に会いたい一心で江古田の病院を訪ねた。

雪の止んだ朝だった。病院の入口で、看護婦から「立原さんはもういません」と、さりげない口調で告げられ、「えっ、退院ですか」と聞き返した私は、「けさ早く、亡くなられました」と言い直されて、棒立ちになった。思えば、いくつかの夏を浅間山麓で、恐らくはわずかな日のずれ、時間のずれで何度かはすれ違いになっていたであろう人だった。小川和佑編『立原道造詩集』の年譜を開いてみると、「昭和十四年八月、野村英夫、小山正孝、山崎剛太郎、中村真一郎、油屋にて、（雨霽れて訣れは侘びし鮎の歌　真）を発句、道造追悼の歌仙「鮎の歌」の一巻をまく」と出ている。この夏は私の恩師山内義雄先生も追分に来ておられて、私が中村真一郎を先生に紹介したように憶えている。

昭和十五年三月、私は大学を出ると、外務省の一嘱託となり、翌十六年春から初夏にかけて中南米へ出張した。七月に帰国すると、すぐ軽井沢へ出かけ、堀辰雄ご夫妻にもお目にかかり、その堀さんが名づけたといわれる「ベア・ハウス」で何日間か、中村、野村、福永、小山らと共同の自炊生活をした。そこの暖炉の棚のふちに誰の言葉か知らないが、When gather friends hearts warm（友集まれば心暖まる）と彫りつけてあったのが、いまでも心に残っている。

とまれ、あちこちの年譜から事実だけを拾っていくと、ちょうど標本の蝶を何月何日採集と記して、ピンでとめるような味気なさもある。しかし、私の人生にとり思索の出発点であり、私の生涯の一時期を甘美に潤してくれた浅間山麓は私のなかでいつも息づいていて、友情と永遠の青春の拡がる山麓でもある。

（一九九二）

黄昏のベア・ハウス

黄昏がくる前には明かるい真昼がある。真昼の前には輝く午前がある。それは人生と同じだ。ただ、自然の毎日は繰り返されるが、人生は繰り返されない。繰り返されない人生は繰り返される自然より、それだけ苛酷だが、それだけ美しいのかもしれない。だが、人は繰り返されない人生を悲しみ、繰り返される自然を喜ぶのはどういうことだろう？　自然の繰り返しを認識できる人間が、繰り返される自然を人生の再生のように考えているとすれば、あまりに愚かではないだろうか。

私は青年期に入ったばかりの頃、つまり人生の午前（立原道造が企画していた詩誌の名前に「午前」と名付けた動機もひょっとしたら、こんなところにあったのではないだろうか。私がその同人の一人として呼びかけられていたことは立原が亡くなってから知った）にあたる時期に書いたある小説のなかで、主人公の青年が真夏の浅間山麓に立ち、むくむくと湧き立つ純白の積乱雲を見上げて、なぜかドイツ語で（いま思えば、リルケの影響だったろうか）ハイラアテンとつぶやくのだったが、それは果たされなかった結婚への悲しい祝婚歌であった。こうして、私の午前は閉じたが、積乱雲は去年の夏も出ていた。その意味では、二十年前の夏も三十年前の夏も同じことだ。そういう事実が、人生という時間は午前から午後へ、午後から黄昏へ移っているにもかかわらず、つと、中村真一郎と私を半世紀前の空間に立ち戻りたい思いに駆らせたのであろうか。

八月八日の午後遅く、私達と中村夫人の三人は、「りんどう文庫」の主であり、軽井沢近代史研究会代表、軽井沢別荘建築等保存調査会会員である大久保保さんを案内役のようにして、愛宕山の中腹あたりを、ベア・ハウスを捜して歩き回った。

いま、私の手元に中村真一郎の二冊の本がある。一冊は『火の山の物語』で、その第四話にベア・ハウスの全貌がパノラミックに、しかもヴィヴィッドに展望されているばかりか、一一三ページには樹々の間にのぞくベア・ハウスの三角屋根の写真が往時を偲ばせていて、懐かしい。もう一冊は小説『四季』の第五章「青年たちの家」で、作中人物の「私」と「K」とがベア・ハウスと思われる建物を探し回っていて、「おい、あったぞ、やっぱりこの道は正しかった」と、「K」が叫んでいる（七一ページ）。私と中村はそれぞれの胸のなかで、そういう瞬間を心待ちにしながら、ただださまよった。限られた地域であるから、さまよったというのは大袈裟かもしれない。しかし、私の心はさまよっていた。その日は天気が悪かったせいか、黄昏は早くきた。私たちは断念した。

昭和十年代から戦中戦後の十年以上に及ぶ歳月の初夏から晩秋にかけて、冗舌と沈黙、孤独と社交、高揚と失意が綯い交ぜになり、詩、小説、演劇、思想などの何人かの代表選手を送り出したベア・ハウスは、その使命を果たしたかのように黄昏のなかに姿を消してしまっていた。

（一九九四）

雪の朝の別れ

当時、中央線の中野駅から東京市立療養所まで、どのくらいの道のりがあったか、もう憶えていない。憶えているのは、前夜の雪が止んで、きらきら光る朝日のなかに汚ない雪どけの道が私の前に続いていたことだけだ。それは昭和十四年三月二十九日の朝だった。

その日までに私にはたくさんの時間があったのに、なぜ三月二十九日の日を待ったのか、私には分からない。ただ、その朝、私にはそれまで文通だけの友、立原道造に会いたいと思った。彼が私あてに最後に（もちろん、最後になるとは思っていなかった）長崎からよこした葉書には「あれから、山陰をまはつてやうやく昨日の夕ぐれここに着き、身体も心も疲れきつてゐます。まだ落着かないながら、もう汽車に乗らないでもいいのだと、ときどき気がつきます」とあった。思えば、彼は南方に光をもとめて、最後の力を振りしぼって長崎に辿り着き、私からの便りに答えてくれたのだ。その彼が東京へ戻ってきた。私が彼に会いに行かないはずはなかった。

寒々とした療養所の入口。そして、無頓着な看護婦らしい女の応待。「立原さんはいませんよ」「えっ？　退院したんですか？」「今朝、亡くなりました」。私は立ちつくした。今から考えれば不思議でならない。遺族や近親者が来ていたろうし、遺骸はまだ置かれていたに違いない。それを私は誰にも会わず、遺骸のことを訊ねようともせず、すぐに踵を返したらしい。「いませんよ」の一言に打ちのめされたように。私は二十一歳だった。

私と立原とはそのようにして、ついに出会わなかった。彼の死顔すら見なかった。出会わなかったのに、どうして別れがあるだろうか。心のなかに抱き続けた出会いの夢もそのときかぎり消えた。それが私と彼の出会いのない別れだった。

あの日から六十五年の歳月が私の上に流れた。立原は今でも詩のなかで生きている。死んだのは私かも知れない。もし、生前に出会っていたら、私たちはどんな話をし、どんな未来を語り合っただろうか。私は今日と違う道を歩んでいたろうか。

（一九九七／二〇〇四）

〔講演〕亡友　福永武彦と私の思い出

もう既に何かに書いて皆さんにお目にかけているかとは思いますけれども、中村真一郎（一九一八―一九九七）について昔、ある文章を書くように求められたことがあります。日頃は、皆さんよくご存知だと思いますが、僕は彼のことを「真ちゃん、真ちゃん」と、非常に親しく、尊敬を込めて呼んでいるわけです。ですが、文章の中ではさすがに「真ちゃん」と書けなくて、弱ったなあってことで、僕は真ちゃんに電話して「いまこういう文章を書いているんだけど、困っちゃったなあ、中村真一郎先生というのもおかしいなあ。といって中村真一郎君も悪いし、真ちゃんとも書けないし」と言ったら、彼は言下に「中村真一郎と書けよ」と。僕は、ああその通りだ、と思ったんです、「中村真一郎」というのが一番正確だと。

まあ、そういうことがあって、福永武彦（一九一八―一九七九）も、もちろん学生時代から附き合って、だから福永武彦君でもいいんですけれども、「福永武彦」というのが、やはり彼にとって一番相応しいのではないかと思う。そういう意味で、呼び方については、誰々さんと敬称を附ける場合、附けない場合、もっと親しげな呼び方をすることもあるかと思いますが、それは予めご了承を得たいと思っております。

今年（二〇〇三年）、私、二回軽井沢に参りまして、その第一回目が、七月二六日の中村真一郎文学碑除幕式に出席するためでした。第二回目は八月二五日に参りまして、九月一日には堀（多恵子）夫人を訪ねました。堀夫人のところでは約一時間半、いろいろおしゃべりをしました。これは特に難しい話じゃなくて、それこそ世間話でございますけれども。それから九月三日に、また私は、私の家内が中村さんの文学碑をぜひ見たいというので、一緒に軽井沢に行って来ました。堀夫人の時には、軽井沢高原文庫には寄らなかったんですね。それで日を改めて、二人でバスに乗って軽井沢から行ったわけです。そして、もう九月ですから集まる人もいなくて、観光客のような人が中村真一郎の文学碑に熱心に眼を向けることもなく通り過ぎて行くのを見て、何か寂しい思いがした。

それで、この中村君の文学碑が出来た少し後ですね、九月に能登の「湖月館」で、福永武彦の歌碑の除幕式があったと聞きました。中村真一郎の文学碑が作られ、あまり長い年月を経ずして福永武彦の歌碑が作られたということに、何か因縁の深いものを私は感じました。

同時代——「マチネ・ポエティク」——奥沢の家

福永、中村を中心に据えて考えてみますと、要するに彼らと僕とは、同時代に生きて来たということが、他の人たちの話すことと異なるひとつの大きな特徴じゃないかというふうに思うんです。同じ時代を、同じ文学というものを志しながら生きて来た。その若い——みんな当時は二〇代ですから——僕らの周りに堀辰雄（一九〇四—一九五三）とか、それから年齢的にいえばわずか三、四歳上の立原道造（一九一四―一九三九）とか、三〇歳も年の違う室生犀星（一八八九―一九六二）先生がいた。――犀星先生といえば、僕は彼の別荘に中村真一郎と、そうっと訪ねて行ったことがあるんです。何か奥の方に端然と正座しておられて、それを見て中村君も僕も怖くなって、中には入らないで、ただお仕事を拝見しただけですけれども――。まあ、そういう僕たちよりも遥かに年配の方、それから同時代では野村英夫（一九一七―一九四八）とか白井健三郎（一九一七―一九九八）とか、それから芥川比呂志（一九二〇―一九八一）とか、去年亡くなった小山正孝（一九一六―二〇〇二）とか、そういう仲間が軽井沢を中心に時折集まって、青春時代を過ごしたわけです。

この青春時代というものは、我々の中に何を生んだか。例えば加藤周一（一九一九―二〇〇八）は、医者の道を歩みながら文学を志した。僕が何の気なしに「君、なんで医学行くの？」って言ったら、「文学やるのにね、文科に行く必要ないよ」ってひと言、彼は言った。「ふうん」って、そのとき思ったんですが、しかし、なるほど、そういうものじゃないかなってことを、後年になってつくづく感じました。つまり、敢えて文学部に行って文学というものを学ぶんじゃない、文学の学び方は他にもあるんじゃないかってことを、加藤は若い時から既に洞察していたんじゃないかなって思います。

それで「マチネ・ポエティク」に触れますと、不思議なことに、当時「マチネ・ポエティク」は加藤周一宅で集まって詩の朗読をした、というふうになっておりますが、加藤周一の家のみならずいろんな人の家に集まったように覚えています。私の家は――もちろん親の家ですけれども――奥沢にありまして、そこでも何人かが集まって朗読会をやったことが、一回あるような気がします。

そのとき白健《しらけん》、白井健三郎も来てまして、彼は私の『薔薇物語』が雪華社というところで初めて一冊の本になった時に（一九八五年）、「栞」に一文を寄せてくれたんですが、その「栞」には――変な話ですけれども――私が大変立派な家に住んでいると書いてあるんです。奥沢の家には、まあ、ちゃんとした応接間がありましたので。そこに「マチネ・ポエティク」の連中が集まって読んだという記憶が、おぼろげに私には浮んで参ります。

話は飛びますけど、音楽評論家で非常に有名な吉田秀和（一九一三―二〇一二）さんも、僕の家に来たことがあります。仏印から帰って来た時でしたか、僕がフランス語を多少、書いたりしゃべったり読むということを何処からか聞いたらしく、「あの、ちょっと済まないけどね、来日中のラザール・レヴィ Lazare Lévy（一八八二―一九六四）っていうピアニストにどうしても会いたいんだけど、手紙を書いてくれないか」なんて言いまして、ある日突然、僕の家に来ました。手紙はその場ですぐ書いて上げて、彼はラザール・レヴィに会ったらしい。そんなふうにいろいろな人が僕の家に来ておりました。

しかし福永君が僕の家に来て詩の朗読会に参加したかどうか、実はどうしても思い出せないので、福永君は、僕の家に来たことがないんじゃないかっていう気がします。加藤周一、中村真一郎、白健なんかは、確かに来ておりました。

それから散発的に申し上げて非常に恐縮ですが、何故この「マチネ・ポエティク」の詩集に私の詩が出ていないかというのは、もちろん作品を出さなかったというのが一番大きな原因ですが、昭和十七年ですと、もう戦争は始まっていましたし、その年には私が外務省に勤務してインドシナに行っていたせいかも知れません。帰って来て、この刊行を知って、そして本を手に入れた――。

西片町――「ベア・ハウス」――千ヶ滝――油屋――追分

それで、福永武彦君とは、いつ何処で知り合ったか。実ははっきり言って、わからない。だから記憶をたどったり、僕の持っている資料をいろいろ探したんです。まず東大の近く、つまり西片町ですね。あの辺りで中村真一郎は当時下宿しておりましたので、その下宿で出会ったのか。それとも「マチネ・ポエティク」の会合の時に初めて会ったのか。でも「マチネ・ポエティク」は昭和十七（一九四二）年に結成されて会合してますから、それよりずっと前です。もちろん軽井沢の「ベア・ハウス」での生活とか、それから堀さんのところで会っているわけですから、それより遥かに前です。これは野村英夫の非常に熱心な研究家である猿渡さんが調べたものですが、昭和十七年の七月に「ベア・ハウス」別荘の所有者の森達郎、それから中村真一郎、福永武彦、私が行っています。

昭和十三（一九三八）年の夏には「千ヶ滝の家」という松下さんのお父さんの別荘に、真ちゃんが行っていますね。そのとき僕も、そこに行きました。これは僕が大学一年の時で、昭和十五年に早稲田大学を出ていますので、二十一歳くらいの時だと思います。真ちゃんは一年あとだから、まだ高校生の時じゃないかな。

追分に最初に僕が行ったのも、昭和十三年だと思います。そこで確か、立原道造の「鮎の歌」にちなむ句会をやって。もちろん中村真一郎、野村英夫もいました。それから福永武彦、私。この四人で句会をやったように記憶があります。

そういえば、加藤周一のお父さまが持っている山荘がありましてね、コテージといいますか、そこでも福永君には何度か会っています。やはり戦前、昭和十三年でしたか、そこへ遊びに行っていたわけです。その時、福永君も来ていました。その頃まだ福永君は別荘を持っていないね。確か油屋にいたんじゃないかと思います。僕も当時、油屋にいました。中村真一郎、野村英夫ももちろん油屋にいて、それで一緒に夜、加藤周一の山荘に行っていろんなおしゃべりをする。もちろんその夏も、何度か油屋で福永君とは会って話しておりました。

その次の年、昭和十四（一九三九）年の八月に追分へ行きまして、野村英夫、私や小山君や中村君などと連句の会をやりました。どうもその時は福永君はいなかった気がしますね。翌十五年に僕は学校を出て（外務省に勤務し）、十六年に南米へ出張して、七月頃帰って来てすぐ軽井沢へ行った。たまたま泊っていた万平ホテルから「ベア・ハウス」に移りまして、中村真一郎、野村英夫、福永、小山と一緒に何日間か過ごしたということが、確実な記録に残っております。その夏は「ベア・ハウス」ではいろんなことがあったらしいんです。例えば中村君と野村君と、ちょっとした諍いがあった——。

福永武彦と中村真一郎

こうして振り返ると、真ちゃんとのお附き合いに比べて、僕が福永君と会ったのは遥かに少なかった気がしますが、昭和十三、十四、十六年と続けて福永君に会っていたことは、確実だと思います。ただ、親密に——彼とはどういうわけか、あまり親しく話したという記憶がないんですね。もちろんいろんな会合で彼は非常に——何か、舌鋒鋭いというのかな、論説家で、堂々と話をして、人の意見についても本当に遠慮しないで反論するというふうで、僕自身いささかたじたじの感じがしていた。そういうことで僕は、中村真一郎と親しくしていたのとは別な感じで彼と附き合っていたような気持がいたします。

まあ、彼の人となりなんかについては、迂闊なことは申し上げられないんですが、中村真ちゃんのことをですね、福永君はある文章で、非常に、優しい人だというふうにいってますね。「鋭い観察眼を持ち、そして柔軟な姿勢を持っていた」と、ある本の中で書いております。これを裏附けるように、堀夫人も、確か「堀辰雄と中村真一郎」の中だと思うんですが、中村さんは、非常に、優しい人だと書いておられますので、ああ、やっぱり見るところは同じじゃないかな、と。中村さんは、非常にお優しい方でしたから、人との争いごとは非常に嫌いだった、だからそういうことがあると、いつもそのあたりでその方の脇を黙って通り過ぎて行く方でした、と堀さんの奥さんがいってますが、僕は長いこと真ちゃんと附き合って来て、誠に多恵子さんの見方には同感します。彼自身は、本当にそういう意味ではですね、非常に、人と合わせる。まあ、文学的な論争の場合はどうか知りませんが、それにしても、一般に附き合っているのを僕が横から見ていると、やはり人と争うことには構わず、その脇を黙って通り過ぎる、そういう人物だった。

ところが福永君の場合は、敢えて争うとは言いませんが、かなり自分の姿勢をはっきり打ち出していた。中村君は、自分の姿勢を言わなかったっていうんじゃなくて、要するに黙って通り過ぎるだけの話なんですが——。例えば「マチネ・ポエティク」の名称についてもですね、押韻定型詩について、いろいろ、各方面から、滅茶苦茶に言われたことがありました。「なんだあんなもの、詩じゃない」と。「滑稽だ」という批判さえ「マチネ・ポエティク」の運動に投げかけられていたことが、ありました。そういう時にですね、「マチネ・ポエティクって名称がまずいんだよ」って、誰かが言ったんだね。そうすると福永君が「いや、あれでいいんだ」って、非常に誇らしげに言ったのに対して、中村真一郎は「いやあ、文学研究会くらいにしておけば、あんなに馬鹿にされないで済んだのだろうなあ」というふうに言った。その二人の発言の違いというものに、やはり二人の性格、人間の違いと申しますか、そういったものがあるように、僕も感じるわけです。

これは福永君の一面かも知れませんけれど、そういうことを、やはり僕は若い時から彼と附き合っていて、難しい人だということを、感じていたような気がします。ある人は「厳しい」という言葉を使っていますけど、厳しいところも、ある意味では、ある。作品にもそういうものが窺えると思うことがあります。

交友——「山の樹」

交友関係についてもうちょっとお話しますと、私は早稲田大学文学部卒で、同じ仏文科の人と親しくし、かつ同人雑誌も興したんですけど、反面、東大の中村真一郎とか、福永とか、それから学部は違うけれど窪田啓作（一九二〇—二〇一一）とか、そういう東大の人、それから慶応では白井浩司（一九一七—二〇〇四）とか、芥川比呂志とか、村次郎（一九一六—一九九七）、それから弘前から東大に行った小山正孝とか、そういうふうに、僕の交友関係は、ある意味で広かったんですね。もともと学閥とかそういうものについて、あまり意識は持っていなかった。親しい人、話したい人、誰とでも僕は話したい、話す、というような気持が根本にあるものですから、東大だからどう慶応だからどうってことは、なかったんじゃないかと自分では思ってます。ですから矢内原伊作（一九一八―一九八九）なんかは、私の先ほど話した『薔薇物語』の「栞」の中に「僕は山崎のことを、長いこと東大出と思い違いしてた」って書いてますけど、本当に長いこと、そう思っていたらしいんです。それはそれとして、そのように、学校とかをあまり考えないでお附き合いしたことが、却ってよかったというふうに思います。

僕はとうとう「山の樹」には属しませんでしたけど、「山の樹」には小山正孝が入って熱心だった。それから鈴木亨（一九一八―二〇〇六）君。鈴木亨君は昔、私の家の歩いて十分くらいのところに住んでいたので、よく行き来してました。その「山の樹」の鈴木君の関係で、「山の樹」には入らなかったけど親しくしていて、それで村次郎君を紹介された。ある時、彼らがまだ慶応の生徒の時代に、三田の屋敷町の隅っこのところに下宿しておって、そこに村次郎君を訪ねて行って、会ったことがあるのを、いまだに憶えております。そんなふうにしていろんな人と自由に附き合っておりました。

いまふっと思い出したんですけど、仙母館っていうのが高樹町に――誰かがある本の中で間違えて聖母館と書いておりますが、「セイボ」っていうのは聖なる母ですね。これは仙母館、仙人の「仙」ですね。仙母館の間違いなんです――仙母館って喫茶店が高樹町にありまして、どういうわけか、そこによく村君やなんかと集まって、鈴木君も来て、会合したことが思い出されます。これは要するに僕の交際範囲が広いという話でございますが、村君はその後も、いつまでも僕に親しみを持ってくれました。死ぬ少し前まで、ぜひ八戸に来てくれと――、彼も亡くなってしまったんですが、彼は一時期、彼の書いたものをコピーして送ってくれていました。

そして「山の樹」のついでに言いますと、小山正孝とは中学時代からの、一番の親友だったわけですが、その小山君も遂に去年亡くなりました。小山君も、もちろん福永武彦君とは附き合っていたとは思うんですが、しかし、彼との間に福永武彦君の話の出ることは、割に少なかったような気がします。どういうわけか、本当に。

「福永君に、見てもらえよ」

先ほどご紹介があったように、私、東宝東和っていう映画会社に勤めて映画関係の仕事をしておりまして、その時にたまたま「過去をもつ愛情」（一九五四）という映画がありました。この映画はジョセフ・ケッセル Joseph Kessel（一八九八―一九七九）の原作でして――ちょっと話が映画のことになりますけど、どうぞあしからず――ジョセフ・ケッセルといえば『影の軍隊』*L'Armée des ombres*（一九四三）とか、例の有名な『昼顔』*Belle de Jour*（一九二九）が映画化されていますね。彼のことを知らずに私は「影の軍隊」（一九六九）とか「昼顔」（一九六七）の字幕翻訳もしてたんですが、この「過去をもつ愛情」は「タホの恋人たち」*Les Amants du Tage* というのが原題なんです。「タホ」というのは、スペインから源を発している約一〇〇〇キロの、リスボンまで流れる有名な河でして、その河のほとりで例のファドなんか歌われるらしい。

　この映画の内容は、いまお話いたしませんが、俳優はフランソワーズ・アルヌール Françoise Arnoul っていう女優さん。「ヘッドライト」*Des Gens Sans Importance*（一九五五）とか「フレンチ・カンカン」*French-Cancan*（一九五四）なんかに出ている可愛らしい、そしてかなりセクシイな感じの小柄な女性。彼女が来日した時に僕も会ったことがあります。その彼女と、ダニエル・ジェラン Daniel Gélin っていう俳優がいて、彼も最近亡くなったらしいけど、ダニエル・ジェランはコクトーの「オルフェ」*Orphée*（一九五〇）に寄宿学生の役で演技をしておりまして、それから「愛情の瞬間」*La minute de vérité*（一九五二）という、確かジャン・ドラノワ Jean Delannoy が監督した映画にも、ミシェル・モルガン Michèle Morgan という女優さんと一緒に出てて、非常にいい演技をしている。そのダニエル・ジェランとフランソワーズ・アルヌールが出ている映画で、監督がアンリ・ヴェルヌイユ Henri Verneuil。その映画の字幕を、私が附けるように、と。

　その時の私のセクションの上の長がいまして、その長が、皆さんひょっとしたら思い出されるかも知れません、清水晶（一九一六―一九九七）っていう映画評論家でした。清水晶と福永君と――、福永君は『映画評論』で随分原稿を書いていますね[*1]、それで映画評論家としても学生時代から活躍している。福永君は東大の文学部だけど、清水晶は確か東大の文学部の美学科だったと思うんです。それでね、どういう関係か、『映画評論』の関係かも知れません、割に親しく附き合っていた、一時期。

　それで、僕がその「過去をもつ愛情」の字幕翻訳をする時に、当時僕はまだそんなにたくさん附けてなかったので、いろいろ彼の立場もあって、映画一本ちゃんと作るのに何かヘマやっちゃ困ると思ったんでしょう、こともあろうにですね――僕から言わせるとね――「山崎君ね、僕の親友の福永君に、いっぺん原稿を見てもらえよ」って言うんですね。だからええっと僕は思った。福永君は映画の評論家として大変見事な評論を書いているのは知っているけれども、字幕を彼に見てもらうのは――、と思った。清水晶としては、文学者として筆が立つからというような考え方なんだろうと思うんですけれどもね。「そうしたまえよ」って。だから「そうですか、僕も親しいんで」って――。

当時福永君は軽井沢におりました。追分の、例の加藤道夫（一九一八―一九五三）の別荘を買い受けて、「玩草亭」って名前を附けて。その時は貞子さんも、もちろん一緒にいましたね。そこへ僕は出張で行って――当時はいまのように新幹線で一時間ってわけに行かないですからね――四、五時間かけて行ったんじゃないですか。で、「こういうわけで、済まないけど福永君、見てくれ」って頼んだ。ええって彼もいささか辟易してた、彼はいろいろ仕事がある人だからね。だけど「ひとつ、さらっと見てくれよ」ってお願いして。いまではビデオ・デッキやテープがあって、向こうでその映画を見て、それで「うん、これはこの方がいい」なんて多少の訂正も出来るんですけれど

＊1 福永の初期映画評論（一九三六―一九四〇）は、同時期の新劇月評と合わせて 日高昭二他編『未刊行著作集19 福永武彦』白地社（二〇〇二）に収める。同書七―二一三頁。福永は一九三九年一月、青木文象（佐々木基一）、清水晶らとともに「映画評論」の同人になっている。同書解題四五八―四五九頁。

ね、それもないわけですよ。ですから、ストーリーか何か書いたものを持って行って、一応その原稿は置いて行ったんじゃないかな。その時、貞子さんがお茶を出してくれたのは、漠然と覚えてますね。それは何年かっていうと昭和三一（一九五六）年の夏、八月頃でございます。その、翻訳の校閲っていうんですか、そういうものをしてもらいに行ったことを、僕はかなりはっきりと憶えてます。そりゃまあ一対一で、軽井沢までわざわざ訪ねていったせいだろうと思うんですが。

これも雑談になりますが、加藤道夫君とも僕は、何度かお会いしているんです。僕は大学の三年だった時、世田谷区にいたんですが、当時軍事教練がありまして、在郷軍人の会か何かが区民の徴兵適齢者を全員集めて習志野へ行くというので、それで、やむを得ず習志野に行きました。その時に兵舎の二段ベッドに一晩寝るわけですが、何と偶然、僕の上のベッドに寝ていたのが加藤道夫だった。どんなきっかけで二人が話し合ったのかわからないけれど、大いにその夜、話していたら、消灯ラッパが鳴って暗くなった。それでも話してたら、怒鳴りつけられた記憶がある。それも加藤君に非常に親しみを感じた原因で、その後、二、三度、あまりたくさんではありませんが、会っておりました。まあ、そのように、加藤道夫君とも偶然知り合ったわけです。

出発点としての『風土』

武彦君の作品に触れますと、この機会に僕は『風土』（一九五一）というものを読み直したんですが、『風土』についてですね、僕なりに感じたことを述べさせてもらっていいでしょうか。私の個人的な感じ方をいうと、やっぱり『風土』というのは、彼の小説の出発点になったんじゃないかと、明らかにそういうことを感じました。それで、その風土という題名自体が、非常に意味が深くて、フランス語でいえば要するにclimatですね、climatというのは、人間の存在というものに影響を与える。そういう一つの立場っていうのかな、はっきりいえば、人間の精神とか思想とか、そういうものに深く影響を与える環境を、climatという。あるいは、逆にいえばですね、ある環境の中、つまりclimatの中に入っていて、そのclimatがあればこそ、そこにその人間の精神とか思想というものが形成されるんじゃないか。だから、福永君がこの小説に風土という題名を附けたのは、やはり自分の、一つの精神のあり方、あるいは思想のあり方というものをですね、自分で追求してみたいという思いが強かったのではないかということを、読みながら痛切に感じたわけなんですね。

福永君はこの小説のために十年という歳月をかけて、書いた。しかし、十年という歳月をかけたものを、たまたま僕は「方舟」とか「文学51」があったので、[*2]書いた時点で読んでいる。そして文学全集で出たものと比較して見ると、内容的には全く変わりがないといっていいでしょう。ただ文

＊2 「方舟」は福永、中村、加藤、また白井健三郎や窪田啓作ら、主に「マチネ・ポエティク」の同人を中心に一九四八（昭和二三）年七月に創刊、九月の第二輯で廃刊。また「文学51」は矢内原伊作を中心に鮎川信夫、堀田善衛、中村真一郎らを集めて一九五一（昭和二六）年五月に創刊、九月の第四号で廃刊。『風土』は、第一部一章、二章を「方舟」第一輯に、第一部三章を同二輯に、また第一部四章を「文学51」第一号に発表。以後、第二部を同誌二号から四号まで分載。一九五二（昭和二七）年には第二部を欠く「省略版」が刊行されるが、全三部を揃える「完全版」の刊行は一九五七（昭和三二）年を俟たねばならない。後の文に出る「文学全集」は『現代の文学7　福永武彦』講談社（一九七二）を指す。山崎自身は「文学51」に、第一号から長篇「炎と死の墻」を連載したが、雑誌廃刊のため未完となった。

学全集に出たものは、頭にボードレール Baudraire の詩句の引用があったり、それから章の始め「再会」とか、ちょっとした見出しを書いていますね。そういう違いを見出して、僕自身は非常に興味深く感じました。例えば「過去（遡行的）」という言葉がありますけど、これは初出にはなかったです。

総体的な印象として、中村君が『風土』のことを「典雅な」小説であると言っていますね。そして「方舟」こそ彼の「この典雅な小説の発表の舞台として」誠に相応しい、と。これは『戦後文学の回想』[*3]の中で触れているんですね。中村君の言葉に触発されて感じたんですけど、僕は、福永君は《romancier》という言葉が相応しい、中村君は《romancier》よりは《écrivain》という感じが非常に強い、ということを感じました。これは『風土』だけに限らず、中村の全作品、福永の全作品というものをそれぞれ考えた場合に、中村は《écrivain》じゃないか、そして福永の方は《romancier》じゃないか、ということを感じました。その理由について、それを細かく述べることは、いま僕の力に余るし、時間もないんですが、彼自身が出発点から roman を――、『風土』を roman として位置づけていたということは、書いているものからも感じられますね。

鏡の向こう

福永君のある文庫本の最後に清水徹（一九三一―）さんが解説を書いてます。[*4]清水徹さんは、皆さんよくご存知ですよね。徹さんとも僕は、彼が大学を卒業したばかりの時に、あることで偶然知り合って、それ以来の長い附き合いなんです。その徹さんが書いた解説を僕は読んだんですけれども、『風土』について非常に面白いことをいっているので、それをご紹介したいと思います。

清水さんの解説で僕の関心をひいたのは、「海と鏡」ということをいっているところなんです。事実あの小説の中で、海という存在を福永君は気にして、それを取り上げています。海というのは深淵であり、もっと突き詰めればclimatということをね、いっているんですよね。僕はちょっと理解に苦しむ点はあるんだけど、何か福永君が、海を見て恐怖というものをその海の背後に感ずるということに、何だか共感するものはあるんです。その海は同時に鏡であるということ、鏡は逆に海であるということ、鏡の向こうには海があるということを、清水徹さんが解説の中で述べていますが、では、その海という鏡は何だと考えると、僕は、福永君にとっては彼自身ではないかと思う。では、鏡の向こうには何があるんだろうか。

これは清水徹さんが「海と鏡」ということを『風土』という小説の中から取り出して来たことに、僕がヒントを得て考えたことで、清水さんはそこまでの解釈はしていませんが、結局、鏡の向こうに行けないということは、この鏡は、生と死を隔てているものじゃないか。鏡の向こうには死がある、死ということは虚無である、ということじゃないかと思うんです。

＊3　中村真一郎『戦後文学の回想』筑摩書房（一九六三、増補版一九八三）。引用部分は増補版一二二頁。

＊4　清水徹「海と鏡と　福永武彦」（一九七二）。『現代の文学7　福永武彦』講談社（一九七二）に「巻末作家論」として発表。後に清水徹『鏡とエロスと　同時代文学論』筑摩書房（一九八四）に収録。また曾根博義編『鑑賞　日本現代文学27　井上靖・福永武彦』角川書店（一九八五）に再録。

我田引水ですけど、鏡の向こうには行けないということから僕が思い出したのは、ジャン・コクトーJean Cocteau（一八八九―一九六三）が撮りました「オルフェ」*Orphée*（一九五〇）という映画なんです。これは非常に優れた映画で、僕は何度か繰り返して見ました。内容は詳しくいう必要はないと思いますけども、これは要するにexistentialismeですか、実存主義が非常に盛んで、サンジェルマン・デュ・プレで若者たちが集まっている、という背景の下に、背景にある時代の詩人のあり方をつかまえて、それをギリシャ神話の「オルフェ」（オルフェウス）に引っ掛けて作った映画です。ちなみにオルフェの役は、あの有名なジャン・マレーJean Maraisで、王女がマリア・カザレスMaría Casarès、それから天使ウルトビーズをやったのがフランソワ・ペリエFrançois Périerという俳優。コクトーとしては非常に見事な、立派な映画が出来たと。詩人でなければ出来ないような映画じゃないかという気がしますね。

清水徹さんは、福永は鏡を踏破出来ないでいるといっていますが、ジャン・コクトーの描いたオルフェは、その鏡を踏破する。そして王女に会いに死の国へ向かう。その踏破の仕方が映画的な技術によって、非常に巧みに、面白くなっている。つまり踏破するための切っ掛けは、手袋なんです。手袋をはめると鏡をすうっと踏破出来る。そういう場面が、清水さんの解説「海と鏡と」を読みながら頭に浮かんで来たわけですが、福永君がもし「オルフェ」を見ていたら――見ていないと思うんですが――どんなふうに思ったろうな、ということを感じたりしました。

ですから鏡というものは、存在というものと非存在というものの区別、というかな、対立というか、そういうものじゃないかと。つまり、鏡の向こうはある意味で無です。非存在が、虚無があるんですね。こっち側には存在がある、その対立を鏡が隔てている。だから、下世話な解釈で皆さんには笑われるかも知れないけど、存在と非存在というのは、別ないい方をすれば、この『風土』に描かれている恋愛——非成就型恋愛に敷衍して考えると、肉体を持つ愛、そして肉体を持たない愛、そういう二つに置き換えられるんじゃないか。ということは、ある意味で、肉体を持たない愛というのは純粋愛であって、これは福永君に言わせれば理知的な愛でしょうね。で、その理知的な愛が、福永君のいう恋愛、しかも非成就型の恋愛ではないか、というふうに推測するわけです。

主人公の桂、それから主人公の最も近くにいる三枝芳枝も、海の向こうに、あるいは鏡の向こうには、行けないかも知れないということを感じる。完成する恋愛というのは、むしろ福永にとってはあり得ない。常に非完成、非成就的な恋愛。だから鏡の向こうには行けない、というふうになるんじゃないかと考えました。そういうことで、彼の小説というのは、非常に、ある意味で、純粋小説という感じが僕には強くしますね。

二つの孤独

それで、純粋小説というものが何かというと、彼の孤独を語っているのではないかと僕は思います。何が彼を孤独にさせたのか。例えば彼の育って来た環境とか、家庭の環境とか、母親を早く亡くしているとか——母親を早く亡くしているのは中村真一郎もそうですけどね——そういう環境から、孤独というものが生まれたというようにも考えられるし、同時に福永の理知というものは、彼を非常に潔癖にし、その潔癖さがまた彼に妥協を許さない。妥協を許さないということは、ますます彼を孤独にする。

非常に具体的な話をするけれども、真ちゃんだって、ある意味では非常に孤独だった。ただ真ちゃんの孤独と福永君の孤独とは、どこか違うんじゃないかと考えてみた。真ちゃんの孤独というのは、こういう表現が当るかどうかわからないけれど、広場の孤独じゃないか。ところがね、福永君の孤独はそうじゃない、これは本当に閉じこもった、閉鎖した孤独だ。ある意味では自らを閉鎖している孤独じゃないか。例えば僕は、真ちゃんの会合にはいろいろ呼ばれもしたし、案内も受けたし、誘われて何度も行きました。すると真ちゃんは、本当にたくさんの人と附き合いがある。そして多くの人を受け入れる。もちろん彼は、文学的には孤独な立場でいたわけですよ。だからこそ僕は、真ちゃん（の孤独）は、広場の孤独だと思う。

ところが、福永君はそうじゃない。そこに二人の孤独の違いというものを感じますね。二人ともある意味では病身だったということも、ひとつの原因でしょうけれど、僕はやはり根本的な、人間の思想というか、そういうものが、それぞれの孤独を作り上げたんじゃないかと感じますね。だから何というか、中村君の場合は、一人でいることが寂しいということは事実なんだけど、その寂しさというものを、文学の中に取り入れているんですね。福永君とはちょっと違った形で取り入れているんじゃないかと、痛感します。

そうですねえ、福永君は――、そういっちゃ悪いけど、自分を守るという姿勢が自分をますます孤独にして、そしてその孤独に耐えることが、彼の文学を支えているんじゃないか。つまり孤独というよりは、孤立という感じが僕には強いですね。そこへ行くと真ちゃんの方は、非常に柔軟で、フレキシビリティがあって、それが彼の優しさというものを含んでいるんじゃないかということを、僕は実際に彼と長いこと附き合って、痛感しています。

福永君自身、中村君の書いた『私の百章——回想と意見』という、桂書房から出た本ですけど（一九六八年）、それに、ある感想文を寄せていますね。[*5] その感想文の中で福永君は、「彼のことを識れば識るほど、やさしくて親切な男なのだ」と、中村君のことをいっているわけですよ。で、僕はこれを読んで、僕も本当に中村君とは何十年という、それこそ六〇年を超える附き合いをして、識れば識るほど優しい男だと感じる。福永君はそれをちゃんと、はっきり見抜いていたという感じがします。

だから別の表現をすると、福永君は、ある意味では——そう言っちゃ失礼なことになるけど——人の意見が出た場合に、それをフレキシビリティを以って認めるということは、少ない。ところが、中村君の場合にはですね、度量がある——、という言葉が適切かどうかはわかりませんけど、割に、それが、あった。だからこそ僕がさっき言ったように、彼は《écrivain》としての活動が、より幅広く出来たんじゃないか、ということを感じます。

僕が『風土』を読んで改めて感じたことは、大体以上のようなことですけど、しかし、彼の小説の構成の緻密さというもの、僕と殆ど同年代に書き始めて、ある意味では僕よりもちょっと後です

*5　福永武彦「中村真一郎『私の百章　回想と意見』（桂書房刊）」（一九六八）「週刊読書人」昭和四十三年四月八日号。引用部分は、例えば『福永武彦全集』十五巻　新潮社（一九八七）二七九頁。

けど、あれだけの緻密な構成を、十年にわたって成し遂げたってことは、誠に偉業だと思うし、そして、彼の書いたものは《romancier》という名に相応しい小説だろうと思うんです。

僕がもうひとつ附け加えたいことは、フランス、欧米――、特にフランスの文学で、十七世紀からのフランス文学の伝統である、ラファイエット夫人 Madame de La Fayette の『クレーブの奥方』*La Princesse de Clèves*（一六七八）とか、バンジャマン・コンスタン Henri-Benjamin Constant de Rebecque の『アドルフ』*Adolphe*（一八一六）とか、ああいう、つまり心理小説の伝統ではない roman を作ったということは、福永君の、ひとつの、福永文学の特徴ではないかという気がする。単なる心理小説ではない。もしあれが単なる心理小説だったら、はっきり言って、僕は読めないいんじゃないか。そういうことを、僕は作品を読み返して非常に強く感じました。

いま此処で中村君の小説にまで触れることは出来ませんけど、福永君だけに限っていえば、そういうことを痛感しました。つまり彼の作品は、心理小説の範囲を遥かに超えたものだ、あるいは、もっと深めたものだ、と――。深めるというよりは、やはり範囲を拡げたものなんでしょうね。それが彼の、やはり技術的な操作というものじゃないかという気がします。

まとまりのない話になって恐縮ですけど、以上のようなことで、私の話は終わりにしたいと思います。

（二〇〇三年十月十九日、福永武彦研究会特別例会）

私の「風立ちぬ」周辺逍遥

生前の堀辰雄を知る数少ない人の一人となった私がここに綴ろうとすることは半世紀はおろか六十五年の昔に遡るのだから、おぼろげな記憶の森を徘徊することになるだろう。その私の手元には現在、三冊の「風立ちぬ」がある。一冊は昭和十二年刊行の新潮社版で、表紙はアップルグリーン地に木の葉がデッサンタッチで描かれているが、今はあえなくとれてしまっている。もう一冊は昭和十三年四月刊行の野田書房版で、こちらはアイボリー地にドイツマーブルをあしらった典雅な表紙で、半世紀を遥に越える歳月に背の部分が赤茶けている。三冊目はガリマール版の仏訳本で、これは後年、多恵夫人から頂戴したもので、その日、夫人は信濃追分駅に降り立った私を自ら車を運転されて出迎えて下さった。本には英語で一九九三年八月七日の日付とともに、夫人の署名がある。フランス人がこの小説をどう読むのだろうかなどと話をして、再会の日を愉しみにしつつお別れした。

昭和十三年は私が早大文学部仏文科に在籍していて、小説を書いては同人雑誌「阿房」その他に発表はしていたが、いわば模索の時代で、なにか転機を求めるように『失われし時を求めて』に熱中していた。そのころ、目に触れたのが「狐の手袋」で、本を開くと直ぐに、そこに収められたプルーストに関する何編かの小論、エッセイを読んだ。しかし、「風立ちぬ」との出会いこそは私の青年時代の創作活動を決定づけるものとなった。プルーストの文体と、小説「風立ちぬ」との結び付きに私は新たな方向を見出した。

人生の出会いは不思議の一語に尽きる。当時、私の周囲には無二の文学の友として中村真一郎、加藤周一、福永武彦、小山正孝がいた。私たちは揃って堀辰雄文学に憑かれていた。私を堀に引き合わせてくれたのは中村か小山か、定かな記憶はない。

昭和十三年夏、私たちは軽井沢旧道の郵便局あたりを右に入って、さらに右に曲がった一角にある別荘に堀辰雄を訪ねた。確か多恵夫人はおられなくて、野村英夫がまめまめしく動いていた。堀さんは無精ひげを生やしておられた。ついにというか、「風立ちぬ」の作者を目の前にして私は緊張していたようだ。話は「君たち、今回はどこに泊まっているの？」とか「大学はどう？」という問いかけから始まり、私はプルースト研究のための文献について教えを頂いたようだ。なぜか一番大切な「風立ちぬ」については触れずじまいだった。夏が終わり、私は東京に戻って、十一月には「薔薇物語」を書き上げて「阿房」に発表した。

ここは私の小説を取り上げる場所ではないが、事のついでに書くと、この小説にいち早く感想を寄せてくれたのが、詩人としてその名前だけを知っていた立原道造だった。私は堀辰雄の影響を第三者がどのように捉えるかを一番気にかけていた。立原の昭和十三年十一月二十二日付けの尺牘は「小山正孝君の好意で薔薇物語を読みました」から始まり、後に続く一文を要約すると、「堀辰雄の影響とはかかはりなしに、あなたの悲しみはユニークで、青春の持つ美しさが僕を打ちます」とあり、私は少なからず自信を得た。

次の年の夏は水車の径に別荘を移された堀さんを訪ねて、中村、加藤、野村、私の四人でお昼にスキヤキを御馳走になり、多恵夫人が新妻として甲斐甲斐しく立ち振る舞われていた。たまたま私がジュリアン・グリーンの新作「深夜」を原書で読んでいると言うと、僕もぜひ読みたいと言われるので、その後東京からお送りした。その時のお礼状が昨年、私の古い文箱から出てきた。昭和十五年一月五日消印の官製葉書には堀さん愛用の青鉛筆の大きな字で、「Thomas Mann の御本難有う僕もいますぐにはよめさうもないけれど当分お借りしておきますそのうち一度お出で下さい Proust の話でもしませう（原文のまま）」と書いてある。私はドイツ語はからきし駄目なので、トマス・マンの原書を持っているはずもないから、これは堀さんの思い違いではなかろうか。

昨年（二〇〇三年）の九月一日、私は多恵夫人を信濃追分に訪ねた。談たまたま「風立ちぬ」と「薔薇物語」の回顧に及んだとき、夫人は「主人はね、あなたの小説を読んで、ずいぶん僕の小説に似ているなと言っていたのよ」と、にこやかな表情をされて、初めて私にそう告げた。私は当時の立原の感想を思い起してちょっと複雑な気持ちになったが、思えばあの頃、立原はすでに「風立ちぬ」との対話をやめ、私は逆に対話を始めたばかりで、まさに〝いざ生きめやも〟の思いでいたのである。（五月二十八日）

（二〇〇四）

〔インタヴュー構成〕交友六十年、中村真一郎を偲ぶ

中村君と初めて会ったのが、いつどこでだったか、この機会に資料を探したりして、いろいろ思い出してるんだけど、どうもはっきりしないんだ。ひょっとして、加藤周一君が紹介してくれたのかもしれないと思って、今年（二〇〇六年）の夏、追分の加藤君の山荘に行ったとき訊いてみたんだけど、「自分は、顔が広くないから、ほかの人だろう」という。それとも、加藤周一君の家で行なった詩の朗読会だったのか、ひょっとしたら詩誌「山の樹」の同人の小山正孝君だったかもしれない。信州の追分で会ったのが最初だったのか、記憶が曖昧で本当にもどかしい思いをしている。

彼は、一時西片町の、現在写真製版会社の社長をしていて僕とは現在でも親交を結んでいる松下博さんの、お父さんの家に寄寓していた。このお父さんという人が早逝した中村の父親の親友であったことから、幼くして残された中村の世話をずっと見てきたのだ。その住所から僕宛にもらった一通の葉書がいまでも手元にあるのだけど、じゃ、西片町で会ったのかというと、それも定かでない。彼とはコンスタントな付き合いを続けてきたから、かえって最初の出会いの印象が稀薄になっているようだ。その後の思い出の方がたくさんあったからね。でも、これだけははっきり言えるの

だけれど、つまり中村真一郎が無名であり、僕自身はいまでも無名だけど（笑）、お互いに文学を志す青年の時から知り合っていたということ。だから、彼との交際は、僕にとってけっして忘れられない思い出になっている。

ふつう六〇年とか七〇年の付き合いになれば、十年にいっぺん会ったとか、三〇年ぶりに会ったとかいう間隔になるんだけど、僕の場合はそうじゃなくて、とにかく十九歳から、彼がなくなった七九歳まで、六〇年ちょっとくらいだね、その間ずっと、最低でも年に一、二回はかならず顔を合わせていた。途中、僕は外務省にいて、外地に勤務していたことがあり、その期間は会うチャンスはなかったし、文通も途絶えていたけど、帰国してからは、たえず何らかの連絡をとり、僕から訪ねたり、彼から電話をもらったり、たえず交友を続けてきた。これは、他の友人にはない関係だと思う。

——山崎さんは戦前、まだ「マチネ・ポエティク」が結成される以前に、堀辰雄を中心とする仲間たちと軽井沢で過ごしていらっしゃいますが、そのときの中村真一郎について、どのような思い出がありますか？

一番鮮明に記憶に残っているのは、昭和十四（一九三九）年の初夏、僕と中村真一郎と加藤周一、野村英夫と四人で軽井沢の堀さんの別荘を訪問したときのこと。堀さんは多恵さんと、一年くらい前に結婚したばかりだった。いまでも憶えているが、堀さん夫婦は「水車の径」にある別荘に住んでいた。新婚早々の堀さんは、僕たちにすき焼きをご馳走してくれたんだ。そのとき、中村君が、これはあとで有名になった話だけど、すき焼きを食べた直後、猛烈な腹痛に襲われて大騒ぎになった。僕たちは大いにあわてたが、ちょうどそのとき加藤周一のお父さんが医者で、たまたま追分の山荘に来ていたから、それですぐにタクシーを呼んで中村君を車に乗せて追分まで運んで、診察してもらった。そんなことがあった。

当時は、堀さんを中心に僕たちの仲間は、一生を文学にささげようという野心に燃え、作品を書くために、それぞれが想を練っていた。そこで思い出されるのが、軽井沢の、いまや伝説になっている「ベア・ハウス」。僕は大学を出て、外務省に就職をして、その翌年の昭和十六（一九四一）年に中南米に派遣された。夏には帰国をし、そのあとすぐ休暇をとって、軽井沢の万平ホテルに泊まっていた。たまたま野村君や中村君に会ったら、「ベア・ハウス」に来いという。それで宿賃が高い万平ホテルにいる必要もないと思って、「ベア・ハウス」で共同生活をはじめることになった。

「ベア・ハウス」とは、森達郎という、堀辰雄のファンの青年がいて、その父親が息子のために買ってくれた別荘のこと。「ベア・ハウス」という名前をつけたのは、堀さんだった。木造二階建てで、個室がたくさんあり、各自が一部屋を専有することができたから、そこにこもって書いたり読んだりして、夜は、階下のサロンに下りていって、マントルピースに火を入れて、詩論を戦わせたり、文学論や芸術論を戦わせるのが日課となった。中村真一郎、野村英夫のほかには、小山正孝、福永武彦がいた。

当時は、ガスがなかったから、薪を割って火をおこして料理をつくるのを、野村君なんか一生懸命やっていた。中村君はあんまりそういうことをしなかったし、僕もしなかった。そのとき、僕は外国帰りだったから、オーデコロンとかローションとかいろいろ船来の洒落たものを、部屋の机の上に置いていた。それを見た中村君は、後年、回想記の中で「山崎君は、将来、美容院を開くのが目的だった」なんて大げさに書いているけれど、*1 僕自身はそんなこと思ったことはないけどね(笑)。中村君と話していて、僕は「煙草屋へ煙草ひとつ買いに行くのに、十枚か二十枚くらい、僕は書ける」と言ったら、彼はずいぶん驚いていた。そのころ僕はプルーストに夢中になっていたから、延々と長い文章を書くことを試みていた。

まったく偶然に、野尻湖で中村に出会ったこともある。湖の対岸が外人村と呼ばれていて、外国人の別荘が多くあった。そこで、船頭の漕ぐ小舟から降りて歩いていたら、ある別荘の庭先で本を持って歩いている男がいるんだ。よく見たら中村真一郎で、お互いにびっくりしたよ。彼は知り合いの別荘に滞在していたんだ。そこに泊まるように勧められて、さっそく、その晩は彼と語り明かした。

とにかく、そのころの僕たちはいつも集まっていた。小説家になるのか、詩人になるのか、批評家としてやっていくのか、誰もが純粋で、混沌とした夢の中で、いつ実現できるかわからない計画を語り合っていた。

＊1　中村真一郎「39　山崎剛太郎」『火の山の物語』筑摩書房（一九八八）一二四―一二六頁。中村は後年の回想にも、この挿話を楽しげに語っている。中村『全ての人は過ぎて行く』新潮社（一九九八）二一一―二一二頁。

――「マチネ・ポエティク」が結成される前に、いま、お話に出た仲間たちと、その前身となる朗読会を実施していたと、お聞きしていますが……

そう。「詩の朗読会」という名称で、僕たちはよく加藤周一君の家に集まったことがある。いま考えれば非常に活発な文学活動で、実に貴重な体験だった。参加したのは、僕と中村真一郎、加藤周一、白井健三郎、小山正孝だったと思う。毎回、それぞれが持ち寄った詩や小説や評論を朗読して、批評しあう。当時は、中村君もよく詩を書いて朗読をしていた。奥沢の僕の親父の家に集まったこともある。当時としては、めずらしく広い洋間があったから。

また、僕たちの集まりは、ときには銀座の「コロンバン」に席を移して開くこともあった。当時「コロンバン」は、ハイブラウな人たちが行く店で、学生が足を運ぶような場所ではなかった。よく憶えているけど、とてもモダンで、二階の

1940年冬　銀座にて。
左から、山崎剛太郎、加藤周一、中西哲吉

壁面に藤田嗣治の、見とれるばかりの立派な絵があった。僕たちはコーヒー一杯でかなりねばって、何やかやと話を続けた。そのときは、たしか芥川比呂志君も加わっていた。当時は、軍国主義が頭を擡げていて、みんな圧迫を感じていたから、時局に話が及ぶと、僕はふと《Tuez le ministre militaire!》（陸軍大臣を殺せ！）と言ったことを、よく憶えている。白井健三郎君も、のちに僕の創作集『薔薇物語』の「栞」の中で、このことについて書いているけど。

芥川比呂志君と知り合ったのは、たしか鈴木亨君がやっていた「山の樹」だったと思う。鈴木君はモダンな慶応ボーイで、芥川君も慶応で、僕は早稲田、加藤君も中村君も東大でしょう。そういうふうに大学は違っていたけど、文学を志すという共通点で僕たちはひとつにまとまり、交友関係を拡げていった。僕は、「山の樹」には入らなかったけれど、鈴木君の家が奥沢で僕の家に近かったから、家を訪ねたことがある。「山の樹」に掲載するために、フランスのジョルジュ・ガボリイという詩人の詩の翻訳を頼まれたこともあった。[*2]「山の樹」では、中村君は芥川君と親しくしてい

＊2　山崎剛太郎訳「ノクチユルヌ」「山の樹」二巻一号　昭和十五（一九四〇）年一月。十六―十七頁。ジョルジュ・ガボリイ Georges Gabory（一八九九―一九七八）は、詩に堀口大学、三好達治らの訳があり、プルーストの回想 *Essai sur Marcel Proust*（1926）に堀辰雄の紹介がある（「続 プルウスト雑記」）。若年の加藤周一は一九四〇年、師走の銀座で山崎からガボリイの詩集を借りたことを当時のノートに記している。加藤周一「ジョルオジュ・ガボリイの詩集「女たちだけのための詩」から」。鷲津力、半田侑子編『加藤周一　青春ノート 1937―1942』人文書院（二〇一九）二〇四頁。加藤はこの詩集 *Poésies pour Dames Seules*, n. r. f.（1922）に収める詩四篇に訳詩を試みたという。山崎が「山の樹」のために訳した一篇 *Nocturne* もまたこの詩集に出る。同詩集四七―四八頁。

たんだ。

　当時、日比谷にあった「蚕糸会館」、そこの小さなホールで、芥川君が、シャルル・ヴィルドラックの『商船テナシチー』をフランス語で上演するというので、中村君と見に行ったことがある。学生たちは皆、けっこう立派なフランス語で演じていたけれど、なかでも僕は、芥川君のフランス語に非常に驚いた記憶が残っている。じつに上手くて、中村君と感心したものだ。その後も、誰が中心というのでもなく、僕たち、中村、加藤、白井、小山、芥川が集まった。西垣脩君は早く亡くなったけど、ずっと後になってから、僕たちに加わったんだ。

　それから、もう一人、僕たちの仲間の一人で、村次郎君、本名は石田実という青年がいた。八戸出身で、詩を書いている慶応の学生だった。高樹町に「仙母館」という喫茶店があって、ここでも僕たちは、よく集まりをもったんだけど、ここに村君はよく来ていた。とても優秀な詩人だった。十年くらい前に亡くなったけど、八戸で有名だった石田屋という旅館の息子で、父親の家業を引き継いで、天才的な詩人といわれながら、ランボーのように詩を書くのをピシャリとやめてね。僕は、文通して長い手紙をもらったりしていたけど、彼も僕たちの共通の友人で、中村君も非常によく知っていて、彼の才能を評価していた。

　いま話したグループの中では、中心人物が誰だったというのではなく、中心人物がいないことに特徴があったと思う。みんな、それぞれが思い思いのことをやっていた。文学とか演劇とか芸術の面で、みんなが志を一つにしていた。本当に、みんなまじめで純粋だった。

――戦後になって、山崎さんはインドシナから帰国されて、フランス映画の翻訳の世界で活躍されるようになり、中村真一郎は小説家として活発な創作活動を続けていきます。いわば、進む方向が異なっていくことになるわけですが、この時期の交流はどのようなものだったのでしょうか。

僕が東和に勤めて映画の仕事をするようになってからは、彼に小説を書くように勧められることはなかった。だから、彼は、もう僕は書かないと思っていたんだろう。彼は僕のことを、きわめて正確に観察していたのだと思う。山崎はどういう男かということを、僕以上に掴んでいたような気がする。自分で言うのも変だけど、彼は「山崎は善人だ」って、どこかで書いていた。「善人」という言葉を、「お人よし」という意味じゃなくて、僕はもっと善意に解釈している。僕は、自分は悪人になれないと感じているから。彼だって、善人とはあえて言わないけど、心優しい人だと思う。彼は「小説書けよ」と口には出さないけれど、機会あるごとに、僕にふれて、僕がもっているもの、あるいは失ったものを惜しんで表現してくれた。暗に、僕を激励してくれていた。

いまでも憶えているのだけれど、えっと思うことがあった。いつどこで、口頭か手紙か、はっきりしないが、その内容だけ記憶にあるんだ。彼がどんどん小説を発表して、かなり著名になりはじめたころだった。「山崎君、僕は君をおいて、こんなに有名になっていいのかなあ」と言った。僕はそれを聞いて、不快な思いをするというより、むしろびっくりした。中村君はそんなことまで考えているのかと。それは、彼という人間のある一面を語っているような気がする。置いていって悪いという、僕への同情かもしれないし、激励だったかもしれない。一方で、僕が映画の仕事で活躍しているのを、いい仕事をしていると評価してくれた。だから僕は、彼には感謝している。

たしかに、戦後の僕の生活は文学から遠ざかっていったけれども、中村君はいろんな会合には、僕を欠かさず招んでくれて、彼のおかげで、共通の友人を見出して、ますます親交を深めることができた。

僕が結婚をしたのは一九五三年だけど、結婚する前に、家内の母親、つまり義母が、僕がどういう人間なのかを知りたがっていた。なんと僕には内緒で、中村真一郎に会いに行ったそうだ。そのとき、彼は東大の講師をしていて、義母が東大の研究室まで出かけたらしい。中村真一郎という人が親友だと聞いていたから、自分の娘を託す山崎という男がどんな人間なのか、ぜひ教えてほしい、と。そしたら、中村君は、「山崎は、とても家庭を大事にする人だ」と答えたという。それで納得して、娘をやる気になったらしい。だから、僕にとって、彼との縁は浅からぬものがあるんだ。僕の結婚生活のスタートが彼の一言で決められた。まあ、「家庭を大事にする人だ」というのは、実にあたりさわりのない表現だけどね。

だいぶ後の話になるけど、彼が順天堂病院に入院したときは（一九七四年）、すぐお見舞いに駆けつけて、枕元で話し込んだこともある。彼がはじめてヨーロッパへ出かけたとき（一九六四年）、出発の前夜に羽田の東急ホテルで、渡欧を祝して飲んで語り合ったことも、よく憶えている。不思議と彼とは、政治や思想については話したことがない。自民党政治については、お互いに批判的な感情をもっていたけど。後年は、文学論を戦わせるということも、なかったような気がする。ある人の芥川賞受賞作品が発表されて、世間で話題になっているときに、「ああいうのは、わからない。

1964年　中村真一郎と。

選者も選者だ」なんていう感想を洩らし、僕と意見が一致することもあったけどね。

——一番身近なところで、中村真一郎を観察してこられたわけですが、中村真一郎の家庭生活とは、どのようなものだったのでしょうか。

僕がインドシナから帰国して、映画の翻訳を始めたばかりのころ、ある映画の、俗語や隠語の多いフランス語に手を焼いて、中村君ならわかるだろうと思って、彼の住まいを訪ねたことがある。その場所が大森だった。たしか山王だったけど、より正確にいうと新井宿で、彼はそこに寄宿をしていた。寄宿先の家は好母《こうも》さんといった。その人がどういう人かは知らないけど、おそらく新田瑛子さんの関係で寄宿していたんだと思う。彼は新田瑛子さんと結婚をして（一九四九年）、すぐにここへ移ってきた。僕が三二歳のころで、彼は三一歳。彼は僕よりも早く結婚をした。結局、その隠語のフランス語については、「僕もこんなフランス語わからないよ」と彼もお手上げだったけどね。

彼の最初の妻、新田瑛子さんは、屈託ないタイプの、きれいな人だった。香織さんが生まれて、成宗の堀さんの家に住んでいたころも、訪ねていった。新田瑛子さんに抱かれていた香織さんのことをよく憶えている。それから、彼女が成長していくうちにも何度も会っているから、僕のことを「山崎のおじさん」と呼んでなついてくれた。

その後、彼は、小説だけでなく、戯曲やラジオドラマを多く手がけて、知名度を増し、少し裕福になって、豪徳寺に六角形の家を建て、大学の講師も辞めたんだ（一九五四年）。そのころは、彼の家には、文学を志す若者たちや、劇団の仲間たちがよく集まっていた。その後、新田さんが自殺したときは（一九五七年）、ほんとうにびっくりした。自殺の理由については、多少取りざたもあるらしいけど、結婚生活を七、八年送って、女優として活躍の場が見出せなくなったデプレッションが原因とも聞いている。もちろん、彼と直接その話をしたことはない。中村君は三歳のときに、僕は十歳のときに実母を亡くしているけど、そういう生い立ちも含めて、家庭のことを話題にすることは、僕たちの間ではまったくなかった。香織さんの話は時々したと思う。外国で、修道女として生活をしている香織さんをよく放っておくなあ、と僕は思うけど、やっぱり作家というものは、そういう覚悟が必要なのかもしれない。そういう意味で、僕は彼に感服している。

彼の結婚は、最初の結婚と後の結婚とは、まったく意味が違う。日常生活をするために彼を支えてくれる人が必要だった。それで再婚したのだと思う。愛情がなかったとはいわないけれど。晩年は、独りでいることに耐えられなくて、たえず夫人の後を追っかけていて、夫人がトイレに入っても「佐岐、佐岐」と呼んでいたとか。

――中村真一郎と女性との交際についてお伺いしたいと思います。

彼の幅広い女性との交友については、僕にもそういうところがあるから、よくわかる。彼とは、いつもツーカーでその話をした。女性に会ったあとなどは、たびたび「山崎君、渋谷でメシでも食おう」と電話で誘いを受けた。会ってみると開口一番「どうだねえ？」と言う。それが何を意味するかは、お互いにわかっているんだ。だけど、具体的に、どの女性と、どういうふうに付き合っていたかは知るべくもなく、想像をふくらませながら話を聞くのがとても愉快だった。彼が日本文学大賞を受賞したとき（一九八五年）のパーティーで、加藤周一君がスピーチの中で「中村は、蜜を求めて花から花へ飛びまわる蝶のようだが、しかし、権力という蜜に近よることはなかった」と言ったのが、強く印象に残っている。その通りだと思う。花の蜜を吸うことは、悪いことじゃないからね。いろいろ話はあるけど、まだ公表は差し控えるべきかな。

率直にいえば、女性関係は浅く広いんじゃないかな。そりゃ、あれだけいろんな女性と付き合っているんだから、いちいち深かったら大変ですよ（笑）。もたないですよ。彼の場合は、いろんな女性と付き合って、泥沼に陥るようなことはなかった。本人の思い込みが強くて、ちょっと女性がこちらを向いて、やさしい言葉をかけると、もう彼女は俺に参っている、なんて言って、そこから限りなく空想が広がっていく。それを彼は楽しんでいる。そして、その空想をさらに誇大に友人に話す。それは、作家だから当然のことだと思う。女性の話をしても深刻な打ち明け話になったことは、一度もないね。すべて人生を彩るための話だった。

彼とは、女性のいるバーにもよく行った。五反田のさびれたバーとか、銀座の高級なバーとかに、よく誘われた記憶がある。東銀座の「ゴードン」というバーがお気に入りだった。そのころは、中村君はもう有名になっていたし、僕も映画でそれなりの仕事をしていたから、二人が行くと結構もてたよ（笑）。だいたい夜十二時くらいまで飲んで、それから今度は六本木に出て、またちょっと飲む。当時は五〇歳くらいだったかなあ。彼がいつも持ってくれて、僕は払ったことがなかったと思う。付けで飲んでいたようだった。でも、文壇の人たちが通うようなバーとは違っていた。美人のホステスがいてね。僕がベネチア映画祭から帰国したあと、「ゴードン」に行ったときのことをよく憶えている。そのとき僕は、ベネチアで買ったサングラスをしていた。なかなかいいサングラスで気に入っていたんだ。それをホステスがちょうだいという。「もし、くださればキスするわ」なんて言われて、少し心が動いたけど、あげなかった。中村君はとなりでニヤニヤ笑っていた。山崎ならきっとやるだろうと思ったらしい（笑）。それから、新宿の「茉莉花」というバーにもよくいっしょに行った。やけに艶っぽい目で、僕のほうをじろじろ見る女性客がいて、誰なのかと思っていたら、あとで知ったのだけど、瀬戸内晴美だった（笑）！

食事をするときも、彼はとんかつやハヤシライスが食べられる、気取らない洋食屋が好きだった。僕が、何かのお礼でごちそうするときも、彼はいまや著名な作家だから、あまり安い店でごちそうもできない、こんな店でいいのかなあと思ったけど、彼は「ここがいいんだ」と、いつも割り切っていて、心から喜んでくれるんだ。そういう面では、いつも気取らず、さっぱりしてたね。とにかく女性と二人で会うのも好きだったけど、食事をするときは、大勢集まって和気あいあいと話をしながら時間を過ごすのが好きだった。だから、円卓で談笑できる神保町や六本木の中華料理店にはよく行ったよ。周りに人がいると、本当に幸せそうだった。彼は、西欧的なサロンの雰囲気が理想だったのだと思う。

——最後に、作家としての中村真一郎について一言お願いします。

長い執筆活動の間に、彼からもらった多くの著書は、うちの書架の一つを埋め尽くしているけど、僕は、かならずしも彼の忠実な読者ではなかったと後悔している。それでも彼の作品の中では、僕は『王朝物語』（一九九三）を非常に高く評価する。何度か通読して、本棚の目に付くところに置いて、ときどき手にとって開いては、目を通している。彼の該博な知識が生かされた、彼にしかできない、立派な仕事だと思っている。それ以外には、『金の魚』（一九六八）、『冷たい天使』（一九五五）は、ほかの作品と比べるとけっして大作ではないが、捨てがたい味があって僕は好きだ。彼の小説はとっつきにくい面がある。つまり、すらすらと興味本位で読んでいけるかというと、そういう小説ではない。やっぱり、伏線のはり方がふつうの小説家とは違って複雑だから、丹念に追って行かないと、ついていけなくなる。たとえば、『空中庭園』（一九六五）なんかも小説には違いないけど、無理して創っているという感じがする。僕はやっぱり『雲のゆき来』（一九六六）が好きだなあ。作家として、手法的にも内容的にも非常に円熟した作品だから。

彼は筆一本で生活していたから、たえずいつ食べられなくなるかもしれないという不安があった。彼の短いエッセイ「塵労」の中に、作家になって仕事をつづけられても、路上にいるホームレスを見ると、いつ自分がそうなるのかわからないという不安に駆られると、書いている。そういう意識が彼の中に常にあったんだ。たえず何かを書きながら、その不安を克服してきたというのは本当に大変なことだと思う。

僕は多くのことを学識豊かな中村真一郎から学んだし、これからも彼が遺していったものから、まだまだ学んでいきたい。そして、中村真一郎の会ができたのだから、ぜひ若い人たちにも彼の作品を読んでもらいたいし、大いに彼の文学を論じて欲しいと心から思っている。

（二〇〇六年八月二十三日、自宅にて。聞き手＝木村妙子）

今は亡き芥川瑠璃子さんを懐かしむ

私は瑠璃子さんに追悼の言葉は送りたくない。その瑠璃子さんに生前、何度お会いしたろう。片方の手で数えられるくらいしかないのではなかろうか。それでも年賀状の交換は彼女の没する前年まで何十年と続いた。年賀状にはいつも「お元気ですか？」と私の安否を気遣う短い言葉が添えられていた。二〇〇〇年の年賀状には、「《薔薇物語》をあらためて拝読したくなりました。どうぞ、おからだをお大切にと祈り上げております」とあった。なぜか、私たちは離れていて、歳月は流れてもお互いに親しみを感じていた。

その前年であったと思う、私たちは八十歳を迎え、日本文芸家協会から長寿の祝賀を受けた。会場で式典が始まり、私たちは呼ばれて壇上に上がることになった。そのとき、瑠璃子さんの足取りがいかにも覚束なかったので、私は彼女の腕と手をとって、数段の階段を登り、仲よく壇上に並んで立った。彼女の手を取ったのは初めてで、私には心温まる忘れ難い場面となった。私たち二人は一緒に比呂志君への思いを馳せていたのだ。芸には厳しく、人には優しかった比呂志君を。

そして、瑠璃子さん、あなたは私の書棚に一冊の詩集を残して逝ってしまった。不思議なことに、と言っては語弊があるが、詩集『薔薇』はいつも私の手の届くところにあった。一九五八年十二月二十日刊行。まさに半世紀垂とするではないか。この一文を書くに当たって手にとってみると、風雪の重みに耐えかねてか、表紙のカバーは背のところで破れていたが、ページを開くと、彼女の手蹟で〝山崎剛太郎様　芥川瑠璃子〟とあり、中はしっかりしている。奥付けの前のページに彼女の写真が出ているが、これも若き日の彼女を伝えていて懐かしい。

　詩集には『薔薇』という題名が付けられているが、内容は薔薇という言葉が連想させる類の単純な美しさではない。

薔薇よ　おお純粋な矛盾
このようにおびただしい
瞼のしたで　だれの眠りでもないという
よろこびよ

と、墓碑銘に刻んだ詩人は誰もがご存知のリルケである。瑠璃子さんの『薔薇』はまさしく、この薔薇である。

　詩集に収められた一篇「作文」を読んでみるがよい。これは彼女の詩学（アール・ポエティック）である。彼女の硬い（純粋なと言うべきか）筆致に綴られ、ときにはカトリック精神をさえ思わせる詩篇を読み解く鍵はここにあると、私は思う。

それはさておき、ページを繰っていくと、誤植が目立ち、それらが一つ一つ彼女の手で訂正されているのが堪らなく懐かしいが、著者名に留利子と記されていることに私は初めて気づいた。ひょっとしたら、瑠璃子は筆名だったのだろうか。あるいはその逆か？　問うても今は空しい。瑠璃子さんは今ごろ、比呂志君と天上での再会をどんなにか喜んでいることであろう。数少なくなった地上の友人を眺めながら…。その友人の一人である私がこの十月に処女詩集『夏の遺言』を上梓することはきっと天上の二人を驚嘆させるに違いない。私がその一冊を携えて届に行く日もそう遠くはあるまい。合掌。二〇〇八年十月五日記す。

（二〇〇八）

美しき思考の回路　加藤周一を送る

――それで、その頃は我々はお互いに書いた詩を持ち寄って、それは殆ど所謂ソネット形式、十四行詩で、まあ、いろいろ当時の詩壇から批判を受けたし揶揄もされたんですけど、一生懸命我々はそのソネットを持ち寄って読んでた。それを《マチネ・ポエティク》と名付けたのは、ぼくの記憶では加藤周一だと思ってますけど、その加藤周一が大学へ進むことになりまして、ある日ぼくに「ぼく、医学部行くよ」って言うんで、えっ、何で君、文学部行かないのって言ったら、「文学はねえ、何も文学部に行かなきゃならないってことはないいんだよ」というふうに彼が言ったんで、ううん、と。その時は、すんなりとは理解出来なかった。しかし、それから年月を経て、彼が医学者になって、医学者の仕事をしながら、傍らですね、文学の、文筆活動を続けて、次々と素晴らしい作品を発表するに連れて、彼のいうとおりだなって納得したんですけどね。そんなことがありました。

彼の書くものでは、やはり『日本文学史序説』っていう、あれは非常に歴史に残るもので、それを読んでもですね、非常に視野が広いし、ひとつのものを必ず、その前と後ろにあるもの、あるいは横にあるものと関連させながら考えて行くっていう、彼の思考の回路というものを感じて、つまり道じゃなくて、ずうっと回って行く、その回路がですね、先ず明確で、論理的で、合理性がある。そういう回路に、ぼくは、ある意味で美しささえ感じて、それで彼の文章を読むと魅惑されてしまう、ということですね。

彼の遺骸の横にですね、置いてあった三冊の本がある、一冊はフランス語で書かれた聖書、バイブルです。もう一冊はカントの『純粋理性批判』。それからもう一冊は『論語』です。この三冊が彼の遺骸の横に置いてあった。ああ、如何にも加藤らしいなと思って、彼と別れを告げたんです。

（二〇〇九）

「風立ちぬ」の堀辰雄

本来なら、〝堀辰雄の「風立ちぬ」〟と題すべきかも知れない。しかし、それではこの一文の内容が「風立ちぬ」に終始すると思われかねない。私は作者の堀辰雄を回想したいのである。

堀辰雄と私の結びつきが「風立ちぬ」に始まったことは言うまでもない。私は早大文学部仏文科に入ったばかりの一学生であった。何の奇縁であったか、もう思い出せない。「風立ちぬ」を一読、文学の持つ力と美しさに言葉を失った。

当時、私はすでに何篇かの小説を書き、同人雑誌「阿房」その他に発表していたが、「風立ちぬ」との出会いは私の作風を一変させた。小説「薔薇物語」は生まれるべくして生まれたのである。この小説が、私は一面識もないが、堀辰雄と親しくしている詩人立原道造の目に触れ、激賞され、私は勇気づけられた。私にこの物語をインスパイアしてくれた堀辰雄に会わずにはいられなくなった。無謀にも私は東京から軽井沢へと向かった。

二〇歳を超えたばかりである。私は現在九五歳を越しているから、計算すると、半世紀はおろか七〇年以上の歳月が流れている。記憶は薄れがちだが、鮮明に残っている場面も少なくはない。生前の堀辰雄の生き証人（私はこの言葉をあまり好まない）として語れる者は、私を措いてはもう他にはいないのではなかろうか。

自称作家志望の一文学青年にすぎない私を堀さん（ここから私は親しみをこめてそう呼びたい）は快く迎えてくれた。ある夏の日だった。私を堀さんに引き合わせてくれたのは、私の中学生時代からの悪友で詩誌「四季」の編集で堀さんのお手伝いをし、後世詩人として名を挙げた小山正孝であったか、立原道造と親交があり、私の終生の友でもあった中村真一郎であったか、今はもう思い出せない。

私はこの人が私を夢中にした「風立ちぬ」の作者かと、眩しい思いで堀さんの風貌を眺めていた。部屋の隅には奥様の多恵さんがおられた。私はときおり、その方へ目を走らせ、この女の人が「風立ちぬ」の女主人公節子のモデルであろうと勝手に決めこんだが、そうではなかった。後日、モデルとなった女性は他にいたと知って、何やら複雑な思いにとらわれた。私たちの話は意外に弾んだ。私がたまたま原書で読んでいたジュリアン・グリーンの小説「深夜」の話をすると、非常に興味を示されて、「東京へ帰ったら、すぐ送ってくれ給え」と言われた。仰せのとおり、帰京してすぐ送ったが、その本は二度と私の元へは戻らなかった。

その後、堀さんは旧道を挟んで反対側の水車の径に面した家に引越された。新居披露ということであったろうか、私たちのグループ、つまり中村真一郎、加藤周一、福永武彦、小山正孝、野村英夫少年を招いて、すきやきパーティを催してくれた。新婦の多恵さんが初々しいなかにも甲斐甲斐しく役目を果たしていた姿が今でも鮮やかに浮かんでくる。しかし、宴たけなわ、中村真一郎が突如、腹痛を訴え、七転八倒の苦しみよう。加藤周一は医師の免許は持ってはいようが、専門は血液学だから役に立たない。

一同がうろたえていると、ホスト役の堀さんがやおら蓄音機を持ち出し、一枚のレコードを手にして、「セザール・フランクの《イ長調》でも聴けば治まるんじゃない」と宣わりながらネジを巻く。しかし、非情にも音楽は無縁であった。万策尽きて、たまたま同じく医者である加藤周一のご尊父が東京から信濃追分の山荘に来られていたので、急遽、タクシーで送り込んで難を逃れたという一幕劇であった。さあ、カーテンを下ろそう。

（二〇一三）

『小山正孝全詩集』に寄せて

　小山正孝は生涯の幕を閉じることによって彼の詩業を完成させたのである。私は『小山正孝全詩集』全二巻を手に取って、痛切にそう感じた。

　生前、彼はどちらかと言えば無言でいることが多かったが、この全詩集では彼は彼の人生を多彩に語り、微細に変調する感性で、人生の多様性に迫った。そこには人生の哀歓と男女の相克が見事に浮かび上がって切々と私たちの胸を打つ。

　生前、彼は告白もしなかった。この全詩集で私は初めて彼の告白を聴く思いがする。この世に在るとき、彼は人生の深奥に沈んでいたのである。しかし深奥であればあるほど、そこに展開する人生は複雑で変化に富んでいた。彼の詩が多くの人に愛されるのは当然であろう。

　因みに、故人のたった一人の遺児である小山正見さんは彼の幼少のころから存じ上げていて、今日まで親交が続いている。その正見さんがご尊父の全詩集発刊を思い立ち、見事に完成させたことは私に深い感銘を与えたのである。

（二〇一五）

煙を吐く我が回想の高原列車

私が早稲田大学文学部仏文科に在籍していたころの話である。当時、どちらかといえば左傾がかった文学に興味を持っていたが、ある日、堀辰雄の「風立ちぬ」を一読、私の文学観に大きな転換をもたらした。これこそは純文学である、と思った。私はその作者、堀辰雄にどうしても会いたくなり、軽井沢に出かける決心をした。

当時は蒸気機関車で上野から優に三時間はかかった。高崎を過ぎ、横川にかかると、トンネル続きで景色も見えず不快であった。しかし、数多いトンネルを抜け、碓氷峠を越えると、そこに展開するのはいわば別天地である。涼しい風が高原に吹き渡っていた。堀辰雄は見ず知らずの私を快く迎えてくれた。そのころは確か、メインストリートから横丁に入った、率直に言ってささやかな家に住んでおられた。どのような話をしたかはもう覚えていない。私が当時読んでいたジュリアン・グリーンの「深夜」という小説の話をしたら、私も読みたいから貸してくれたまえと言われて東京に戻ってからお送りしたが、その本はついに私の手元には戻らなかった。

それから私は軽井沢に行くたびに堀辰雄を訪ねた。堀辰雄の影響を受けて私の作風も一変した。

そうして書いたのが、私の処女作とも言える「薔薇物語」である。堀辰雄がこれを読んでどのように受け止めてくれたか知る由もないが、詩人立原道造は激賞してくれた。私の無二の友人であった今は亡き詩人小山正孝が私の小説を彼に読ませたのであった。立原道造とは軽井沢で会う機会もなく、その後、昭和十四年、彼が肺結核を病んで中野の療養所に入院していると聞いて、三月のある朝、前夜の雪どけの道をでかけた。病院にたどり着き、出て来た看護婦に「立原道造さんに会いに来ました」と告げると、看護婦は「立原さんはもういませんよ」と言う。「自宅へ帰られたのですか」と私が言うと、「死にましたよ」とこともなげに言う。かくして、立原道造とはついに会うことができなかった。

堀辰雄は四八歳で亡くなったが、堀辰雄夫人、多恵さんとは、その後も親しくお付き合いをした。夫人は信濃追分に近いところに別宅を新築され、そこに夫人の姻戚である菊池和世さんを呼んで、一緒に

二〇〇二年夏　堀多恵夫人宅で。

暮らしておられた。そこへ私は毎年のように訪ねて思い出話を楽しんだ。夫人は確か九六歳で亡くなられたのではないか。訃報が届いて私はすぐキリスト教の葬儀に駆けつけた。神父さんも堀辰雄の愛読者であったのであろうか。長々と追悼のスピーチをされていた。

堀夫妻はこうして軽井沢を去ったのだが、堀辰雄の住んだ家が軽井沢高原文庫の一隅に移築されてその面影を保っているのが私にとっては切なくも懐かしい思い出である。

（二〇一八）

詩人　立原道造を思う

ある日一葉のハガキが私の手元にとどいた。差出人を見ると、立原道造である。彼の名前は、中学時代（現戸山高校）無二の親友となった小山正孝から何度か聞かされていた。

私も詩作をこころみていたが、立原の影響から脱出できず、いささか、くやしい思いをしていた。毎年夏になると私は軽井沢をおとずれて、堀辰雄に会った。立原道造もよく出はいりしていたようだが、ふしぎに出会わなかった。

彼が病気で中野の施療院に入院していると聞き、昭和十四年三月二十九日朝、前夜の雪で歩きにくい道をたどりつき玄関に立って「立原さんに会いにきました」というと、出てきた看護婦らしい女性が「いませんよ」という。「退院されたのですか？」と聞くと「亡くなりました」と看護婦のつれない言い草もさることながら、私は力を落として帰路についた。

立原は建築家でもあった。彼が構想した建物ヒアシンス・ハウスが埼玉県のどこかにあると聞いてそこまでたずねて行って彼を偲んだが、その場所がどこだったか、思い出せない。

（二〇二〇）

あとがきに代えて

渡邊　啓史

本書『忘れ難き日々、いま一度、語りたきこと』の「あとがき」を書くはずだった――実際、楽しみにしていた――山崎剛太郎は、二〇二一年三月十一日、一〇三歳の生涯を閉じた。私は先の詩集『薔薇の晩鐘』に続いて、本書でも原稿の整理と構成、文の配列など、制作の全般を山崎から任されていた。そこで、いま「あとがき」に代えて、本書成立までの経緯を録しておきたい。

最初に相談を受けたのは、二〇一八年の九月五日である。昼前、十一時三〇分頃、山崎から電話があった。「新しい本を作りたいんだ」。詩集だろうか？　しかし詩集は前年二〇一七年の十二月、一〇〇歳の祝賀に合わせて第三詩集『薔薇の晩鐘』を刊行したばかりである。途惑う私に山崎は、詩でなくて、散文の「普通の」本だという。「これまで、映画だけの本、文学だけの本というのはあるんだけど、映画と文学を一冊にした本を作りたいんだ」。その時点で山崎の意図を正確に理解した訳ではない。しかし具体的なことは、やってみなければわからないだろう。私は賛成し、原稿の整理を引き受けた。

翌日六日には大判の封筒で、かなりの量の複写が届いた。文が雑誌に掲載されると、掲載誌は人に進呈して、手許には複写があれば十分、というのが山崎の流儀だった（「僕は現物主義じゃあないんだ」)。それらの複写を「原稿」にするには、つまりコンピュータで扱えるようにするためには、「データ化」しなければならない。手間は掛かるが後のことも考え、私は自分で入力することにして、作業を始めた。

作業を始めてからも折々、中判の、また普通の封書で、追加の複写が届き、その間には確認の電話が相次いだ(「これ、あなたに送った?」「これ、そっちに行ってる?」)。複写は次第に増えて、最初の段階では——話に出なかったので——考えになかったはずだが、遂には大学卒業の一九四〇(昭和十五)年、プルーストを論じた卒業論文「マルセル・プルウスト研究序説」や、それより早く一九三八年にリルケを論じた「ライナア・マリア・リルケ」まで、あれは入らないだろうか、という話になった。かなり大部のものなので、さすがにそれらは見送らざるを得なかったが、代わりに本書では、卒業論文に続いて書かれた評論と短篇を収録した。

複写の追加は、年末近くまで続いただろうか。準備を進めながら本の計画は、楽しみとして、山崎の中で拡がって行ったらしい。

構成について、山崎からの指示は、先ず最初に「信濃毎日」に掲載された「煩わしさからの解放」を持って来る(「序文、という位置附けでね」)、その後の配列はあなたに考えて欲しい、というものだった。

「映画と文学を一冊の本に」といっても、それらを同列に扱う訳には行かない。実際、映画についての文と文学についてのそれらとを交互に置いて見ると、読み難く、まとまりも悪い。結局、前半に映画の、後半に文学の文を集め、一九四〇年、山崎二十代の文二篇は「間奏」として間に挟むことにした。

映画の部「花咲く字幕の陰に」では、発表年代よりも内容を優先して、映画字幕の翻訳を論じたものを前段と後段に置き、その間に映画にまつわる小品・エッセイを配した。山崎が字幕翻訳の要諦を語った、まとまったものは、いま判明している限りで、此処に収める四篇と、別に「一秒四文字の決断」と題して同名の本に収める一篇が、すべてである。

後段の講演「字幕翻訳家、フランス映画を語る」は最後に、まだ自分の手掛けた「スワンの恋」など話したいこともあるが、長くなるので、として話を締め括る。そこに出る映画「スワンの恋」については別に「プルースト余談」と題する一文があるので、続けて読めるよう、これを次に置いた。

ちなみに、この八三年のシュレンドルフ監督に拠る映像化については、『一秒四文字の決断』(春秋社、二〇〇三)のII章「セリフから覗く名画」に、この作品を題材とした一篇がある(九六―九九頁)。

文学の部「浅間山麓ふたたび」では、内容、形式に拠らず、文を年代順に配列した。そのため短い追悼文の後に長い講演が続くなど、通読に多少の不都合も生じたが、話題や語り口の、時代を追っての微妙な変化は、むしろ見易いだろう。

文学の部は本来「煙を吐く我が回想の高原列車」までの十四篇の収録を予定したが、山崎の歿後、私の判断で「詩人 立原道造を思う」の一篇を加えた。新しい内容を含む訳ではないが、山崎最晩年の一篇だからである。この追加で、収録した文の年代は「野村英夫と dangerous boy」の一九七〇年から「詩人 立原道造を思う」の二〇二〇年まで、半世紀に及ぶことになった。

題名は難航した。山崎は候補として「独白」「回想」「迷路」などの語を組み合わせたものを模索していたが、納得の行くものが浮かばなかったらしい。題名の決まらないままでは不便なので、相談して、取り敢えず「独白と回想」を仮題とし、私は入力データのファイル名などに用いたが、結局はこれも、原稿の整理の進んだ二〇一九年三月、やはり「独白と回想」はやめよう、ということになった。

その折に山崎から出された案の一つは、プルーストの作品集の題名「楽しみと日々」である（「同じじゃ、まずいかな」「いや、そういうことはないと思いますが」）。一時はこの案に傾きかけたが、決定には到らず、山崎は題名を私に委ねたまま（「何か、考えて」）逝ってしまった。

本書の題名『忘れ難き日々、いま一度、語りたきこと』は、山崎が次に計画していた本の題名に倣って、山崎の歿後、私が附けた。山崎の口調を活かしたいと考えたからだが、幾らかは「楽しみと日々」Les Plaisirs et les Jours のparaphrase のつもりも、ない訳ではない。Les Jours inoubliables et les choses dont j'aimerais parler encore une fois.

この題名に山崎が納得してくれるかどうかは、わからない。しかし本書の内容は、よく伝えているだろうと思う。

「映画と文学を一冊の本に」という山崎の意図は、何処にあったのだろうか。「独白」や「回想」という題名案や、卒業論文のプルースト論まで入れようとしたことから推して、自身の生涯を展望するものを考えていたのではないかと見ることは、自然だろう。

山崎は自伝も回顧録も遺さなかった。考えなかったはずはないが、また実際、周囲にそれらを望む声のなかった訳でもないが、私の知る限り、そうしたものを書くことに、山崎は積極的でなかった。何故だろうか。それは、わからない。しかし、推測の手掛かりがない訳ではない。

第一に山崎は、常に現在に興味を持ち、現在を楽しんだ。本書の巻頭に置く「煩わしさからの解放」にも、「私は現在というものが過去よりも未来よりも好きだ」という。恐らく山崎は、過ぎた過去に思いをめぐらせるより、例えば今日、午後の集まりで、また行きつけの喫茶店で、誰に会い、何の話をするか、想像することを好んだに違いない。

第二に山崎は、自己表現の形式として、縷々心情を吐露するような〈告白〉という形式を、好まなかったように思う。

山崎は自身について「僕は直感型だ」と称していた。まわりくどい表現よりも、単刀直入に本質を衝くことを好んだ。自身の胸の内を綿々と、とめどなく語るような、日本文学ならば私小説の、フランス文学なら浪漫派の、いわゆる〈告白の文学〉というものは、山崎の気質には合わなかったと思われる。自己弁護とも取られかねない打ち明け話も、山崎は潔しとしなかったに違いない。

一九八五年、山崎の初期の短篇の一部を集めた作品集『薔薇物語』の刊行された時、挟み込みの栞に、多数の友人知己が刊行を祝って文を寄せた。そこに加藤周一の「山崎剛太郎の脱出」と題する文がある。

山崎は学生時代、フランス文学を専攻して狂信的な軍国日本から脱出した。卒業して外務省に職を得ると、日本軍占領下の「仏領インドシナ」に派遣されて、実際に日本を脱出し、敗戦後はフランス映画の字幕翻訳に専念して、日本にいながら日本の文化と社会から脱出した。けだし脱出とは、与えられた条件を乗り越える精神の運動の、つまりは精神の〈自由〉の、一形式に外ならない――。

加藤はそう論じて、山崎にはその〈自由〉を証言して欲しい、と望み、次のように文を結ぶ。「告白するのはつまらぬことである。しかし自分自身と時代を証言するのは、――つまるところ、文学者の仕事そのものに他なるまい」。

加藤のいう「時代の証言」は、自分には荷が重い、と山崎は考えただろうか。しかし晩年の山崎は時折、誰にともなく、微かな苦笑を浮かべながら、楽しそうに「告白するのは、つまらぬことである」と呟くことがあった。

山崎は、例えば堀辰雄と会ったことを、また立原道造と会ったのでなく会えなかったことを、繰り返し語った。それは、それらが山崎の人生に於て、決定的に重要な意味を持つ事件だったからである。恐らく山崎は、そうした重要な事件を、その場面を、回想することを好んで、生涯の全体を、また特定の時期を、通して回想することを、好まなかったのではないだろうか。

そうであれば山崎は、自伝や回顧録という形式でなく、重要な意味を持つ幾つかの場面の回想と、成し遂げた仕事の一端とを組み合わせ、一冊の本に作ることで、自己を語るものとして遺そうと考えたのかも知れない。


かくして本書『忘れ難き日々、いま一度、語りたきこと』は、山崎の生涯の、すべてではないにせよ、主要な部分を要約する。此処にはフランス語を学んでプルーストに傾倒した二〇代の記念があり、文学を通した友人知己との出会いと別れの記憶があり、また得意の能力を存分に発揮して成した半生の仕事の達成がある。

此処にないものとしては、映画であれば、晩年の山崎が講演や「サロン」と称する小さな集まりでした映画の話の、多数の録音テープが――そこには「舞踏会の手帖」のルイ・ジュウヴェを語った珍しいものもあるはずだが――、未整理のまま残されているだろう。

文学であれば、山崎が収録を考えた初期の複数の評論と卒業論文のプルースト論が、ない。詩と小説——中・短篇小説と未完の長篇小説——も、また海外文学とそれにまつわる回想を交えた貴重なエッセイも、此処にはない。しかし、それらを収めるには一冊の本でなく、著作集の数巻が必要だろう。

二〇〇三年、夏の軽井沢で面識を得てからその死まで、山崎との交際は二〇年近くに及んだ。その間、私は多くを学び、また誘われて貴重な経験を重ねることにもなった。しかし、それらの記憶を語ることは、私の役割ではない。私の役割は、本書に集めた文を読者に届けることである。役割を首尾よく果たし得たかどうかは、読者の判定に俟つ外はない。

昔、福永武彦は自身の作品について、それらは少数の読者の手から手へと、手渡されるようにして読み継がれて来た、と語ったことがある。本書に集めた文もまたそうであることを、私は切に願う。

本書の刊行にあたっては、春秋社の神田明相談役、並びに同社小林公二社長より、破格のご配慮を賜った。また編集の実務には同社編集部の高梨公明氏を煩わせた。著者に代わって厚く御礼申し上げる。

二〇二三年十一月

初出と書誌

収録した文はすべて初出に拠った。収録にあたって誤植を正し、必要に応じて文中の人名、作品名に、欧語表記、原題名、また生歿年や制作年、刊行年などを加えた。講演、談話で話の内容を明確にするため、言及のある事実の時期を（ ）で示した箇所もある。用字、表記については、著者の慣用を尊重した。

著者の手許に保管された初出の複写には掲載誌名、掲載時期を欠くものがあり、以下の書誌に若干の不備の残ることとなった。

はじめに

煩わしさからの解放／信濃毎日新聞「こころの風景」一九八九年七月一五日。

映画／花咲ける字幕の陰に

花咲ける字幕の陰に／「感泣亭秋報 十三」感泣亭アーカイヴズ（二〇一八）七―九頁。

映画の翻訳とは？／「文学」一九八〇年十一月、岩波書店。九〇―一〇〇頁。
同誌は一九八二年に「文学」編集部編の単行本『翻訳』として岩波書店より刊行。
冒頭を省いて『一秒四文字の決断』春秋社（二〇〇三）に同題で収録。
収録にあたり、字幕翻訳の実例を示す部分、初出では、実際の字幕・通常の翻訳・もとの欧語の台詞の順に掲げたものを、此処では著者と検討の上、欧語の台詞・字幕・通常の翻訳の順に改めた。

回想風なフランス映画翻訳の話／「Roussel」五〇号、ルセル・メディカ（一九九六）五六―五九頁。
『一秒四文字の決断』春秋社（二〇〇三）に「字幕の中のフランス」として収録。「字幕の中のフランス」には初出にない追加があり、この部分も合わせて収録した。

走馬燈のパリ・パリの走馬燈／「アサヒグラフ」一九八九年七月。

一部を『一秒四文字の決断』春秋社（二〇〇三）に「カレイドスコープ」の一篇「パリ・わが古き愛人」として収録。

［断章］映画、この不思議な存在／不定期刊行の個人誌「NEW・映画と私」に掲載の二篇「ベストワンの選び方・私の贅言」「映画、この不思議な存在」を編輯して収録。

あのボルサリーノ、今いずこ？／初出誌不明。「私の愛用品／帽子」の欄に「ボルサリーノ、今いずこ？」の題で掲載。

一部を『一秒四文字の決断』春秋社（二〇〇三）に「カレイドスコープ」の一篇「わが愛用のボルサリーノ」として収録。

フランスと映画と原作と／『読書のすすめ』第十一集　岩波書店（二〇〇六）五三―六〇頁。初出題名は「フランスと映画と原作」。

わが敬愛するジェラール・フィリップ／山中陽子 監修『生誕90年 フランスの美しき名優 ジェラール・フィリップ』開発社（二〇一二）一七四―一七五頁。

フランスと私／「ふらんす」特集 フランス映画祭 二〇一三。二―三頁。

「フランスと私」欄に「フランス映画を通じ人間の多様性を学ぶ《ママ》」の見出しを附して掲載。収録にあたり、改めて副題を附した。

［講演］字幕翻訳家、フランス映画を語る／TMF・日仏メディア交流協会／東京日仏会館共催　第五回研究会　講演記録「字幕翻訳のエキスパートが語るフランス映画」Le cinéma francaise vu par un expert de sous-titrage. 一九九四年四月十二日　東京日仏会館（御茶の水）三―二二頁。

収録にあたり、誤植を正し、文中の仮名書きの仏語を原語に置き換え、人名、作品名に欧語表記を附した。また段落の見出しにも修正を加えた。

プルースト余談―映画「スワンの恋」を翻訳して／「学燈」一九八五年一月。二六―二九頁。

間奏／一九四〇年のプルースト
プルウストと現実物語／「早稲田文学」一九四〇年四月。二三―三二頁。
CATLEYA―プルウスト幻想／「阿房」一九四一年冬季号。一八―二三頁。
「感泣亭秋報　十三」感泣亭アーカイヴズ（二〇一八）に再録。四四―四六頁。

文学／浅間山麓ふたたび
野村英夫とdangerous boy／「詩学」五（一九七〇）四六―五三頁。

初出は文中に言及される写真を欠く。文末に「補註」として編輯者に拠る以下の文がある。「前号の表紙2の写真を参照して読んで下さい。写真の掲載が早すぎたのか、原稿がおくれたのか、記事と写真が二ケ月にまたがってしまいました。（嵯峨）」。

収録にあたり、未確認ながら内容から推して該当すると思われる写真二点を添える。

「きみ、ぼく」と比呂志君よ／「山の樹」芥川比呂志追悼号　四五巻五二号。一九八二年二月。十四頁。収録にあたり、副題を附した。

六時から八時までの軽井沢／「文芸家協会ニュース」No.470. 一九九〇年一〇月。五頁。

浅間山麓ふたたび／「軽井沢高原文庫通信」第十八号。一九九二年七月一〇日。二頁。

黄昏のベア・ハウス／「高原文庫」九号。軽井沢高原文庫。一九九四年七月。四二―四三頁。

雪の朝の別れ／「立原道造記念館」創刊号　一九九七年三月二九日、九―一〇頁。

収録にあたり、同館報　第二九号　二〇〇四年三月二九日、三頁に掲載の「もし出会っていたら…」から一部を加えた。

［講演］亡友 福永武彦と私の思い出／福永武彦研究会 特別例会講演記録「亡友 福永武彦と私の思い出」二〇〇三年一〇月一九日。「福永武彦研究」八号（二〇一〇）八―三二頁。
収録にあたり、本文を改訂、編輯して註を附した。

私の「風立ちぬ」周辺逍遥／「高原文庫」十九号。軽井沢高原文庫。二〇〇四年七月。二一―二三頁。

［インタヴュー構成］交友六十年、中村真一郎を偲ぶ／「中村真一郎手帖 1」水声社（二〇〇六）七一―八一頁。
収録にあたり、文中に出る作品に刊行年を附し、言及される事実の時期を（）に示した。

今は亡き芥川瑠璃子さんを懐かしむ／「朔」芥川瑠璃子追悼号 一六四号。二〇〇八年十一月。一八―一九頁。

美しき思考の回路 加藤周一を送る／二〇〇九年一二月六日、SBC ラジオスペシャル「加藤周一さんの追分物語 ある晴れた日に」。企画・構成・語り 岩崎信子。

「風立ちぬ」の堀辰雄／「軽井沢高原文庫通信」第八一号。二〇一三年四月二五日。一頁。

『小山正孝全詩集』に寄せて／「感泣亭秋報 十」感泣亭アーカイヴズ（二〇一五）七―八頁。初出題名は「『小山正孝全詩集』全二巻に寄せて」。

煙を吐く我が回想の高原列車／「高原文庫」第三三号。軽井沢高原文庫。二〇一八年七月。六―七頁。

詩人 立原道造を思う／「高原文庫」第三五号。軽井沢高原文庫。二〇二〇年七月。一四頁。

プロフィール

山崎剛太郎（やまさき こうたろう）

1917年12月16日、福岡県福岡市に生まれる。東京に移り、府立四中（現 都立戸山高校）、第一早稲田高等学院を経て、1940年、早稲田大学文学部仏文科卒業。

在学中から同人誌「阿房」を中心に、評論や小説を多数発表。傍ら小山正孝、中村真一郎、加藤周一、芥川比呂志ら多くと交際、親交を深める。後に《マチネ・ポエティク》に参加。

卒業後、外務省に入省。1941年、北米、中南米諸国に派遣され、同年末、仏領インドシナへ赴任。ハノイの日本大使府情報部に配属、着任は12月1日。42年春、湿性肋膜炎のため帰国。夏の軽井沢で静養。恢復して中村真一郎らの〈ベア・ハウス〉での共同生活に合流。後、再び仏領インドシナに戻り、フエの日本領事館に勤務。現地で終戦を迎える。一時、身柄を拘束されるが、1949年帰国。

帰国後、外務省を退き、1953年、東和映画（後の東宝東和）に迎えられて、フランス映画の字幕翻訳に携わる。映倫管理委員会審査員、映画翻訳家協会代表、早稲田大学講師、調布学園女子短期大学教授、日仏学院講師などを歴任。

『モンパルナスの灯』『大いなる幻影』『ダントン』など 字幕翻訳を手掛けた作品は700を超える。また日本映画に仏語の字幕を附して、邦画作品の海外への紹介にも貢献。フランス政府より1979年に芸術文化勲章シュバリエを、1990年には同オフィシエを授与される。

2008年、旧作詩篇を集める詩集『夏の遺言』を刊行して詩作を再開。以後、新作の発表を続ける。100歳を超えてなお、さまざまな集まりに姿を見せ、往時を語り、会話を楽しんだが、2021年3月11日、死去。享年103歳。

著書に、初期の中・短篇小説を集める作品集『薔薇物語』、字幕翻訳の舞台裏を語る『一秒四文字の決断』。訳書として、映画公開に合わせた原作小説の翻訳のほか、バルサック『映画セットの歴史と技術』、アンヌ＝マリー・フィリップ他『映画よ夢の貴公子よ―回想のジェラール・フィリップ』、シトロエン『紙との対話―私のデクパージュ論』など多数。また晩年の詩集に『薔薇の柩』、『薔薇の晩鐘』がある。

編集協力　渡邊啓史

忘れ難き日々、いま一度、語りたきこと

2023年12月10日　第１刷発行

著　　者：山崎剛太郎
発 行 者：小林公二
発 行 所：株式会社 春秋社
東京都千代田区外神田 2-18-6
電話　営業部　03-3255-9611
　　　編集部　03-3255-9614
〒101-0021　振替　00180-6-24861
https://www.shunjusha.co.jp/
印刷・製本：萩原印刷株式会社
装　　丁：本田　進

定価はカバーに表示

ISBN 978-4-393-43663-9